JA.M. SEN'KIN

FERDINAND, O IL VIAGGIO DA PIETROBURGO AL NULLA

Ja.M. Sen'kin

Ferdinand, o il viaggio da Pietroburgo al nulla

traduzione di
Roberto Lanzi

Titolo originale russo: *Ferdinand, ili novyj Radiščev*

Prima edizione: gennaio 2009

ISBN 978-88-6243-007-4

CAPITOLO I. LUDONI

All'altezza di Ludoni imbocco l'uscita per Porchov lasciando la trafficata autostrada federale Pietroburgo-Pskov-Kiev e improvvisamente finisco in un altro mondo: qui inizia il vero territorio della regione di Pskov. Un autunno di tanti anni fa, passando a tarda ora fuori Ludoni, uscimmo dalla carreggiata illuminata e ci fermammo sul ciglio per una breve sosta. Davanti a noi la pianura si spalancava nel silenzio senza una sola luce digradando nera come pece. Da questo versante della periferia di Ludoni ci saremmo immersi nell'oscurità dell'ampia vallata. Sapevo benissimo che prima e dopo Porchov, per centinaia e centinaia di verste fino alla destinazione del nostro viaggio – il paesino di Bol'šoe Kivalovo – non avremmo più trovato distributori di benzina né meccanici, tanto meno negozi, ospedali o lampioni stradali se non in un unico paesino. Ci attendeva una strada brutta, anzi bruttissima; di lì a cinque chilometri il segnale di roaming sarebbe sceso a una sola minuscola tacca fino a quando il cellulare non avrebbe più dato segni di vita (la radio già da un pezzo sibilava come olio bollente in una padella), ma nonostante tutto nell'animo regnavano pace e tranquillità assoluta. In quel momento nel sud del paese imperversava la guerra cecena, le città rimbombavano di esplosioni, la vita febbrile e spasmodica delle megalopoli non si fermava, mentre qui c'era un silenzio che placava l'anima. Per dirla con Nekrasov:

Nelle capitali c'è rumore, tuonano gli oratori,
Ribolle la guerra delle parole,

Mentre lì, nel cuore della Russia,
Regna un silenzio secolare.

Nel portabagagli una tanica di benzina, due ruote di scorta, una bottiglia di vodka e una corda, perché non si sa mai... cos'altro poteva servirci per attraversare la vallata in qualche ora?

In fin dei conti, immersa nella luce fioca della sera autunnale, la vallata non era né morta né deserta. Sotto la coltre dell'oscurità autunnale ferveva la vita, qui la storia millenaria proseguiva il suo corso, la memoria del passato era rimasta impigliata nelle tortuosità delle strade e dei fiumi, riaffiorava nei nomi dei paesini e delle cittadine; qui erano accadute vicende sorprendenti, misteriose, terribili e divertenti, da raccontare con piacere al compagno di viaggio perché non si addormenti cullato dal rombo regolare del motore e dallo stridore degli pneumatici... A patto che non venga a chiedermi da dove le ho tirate fuori o in quali annali le ho lette. Il mio racconto non è meno attendibile delle informazioni contenute nelle cronache medievali o in qualsiasi monografia corredata di note su quelle stesse leggendarie fonti. E comunque, come ebbe a scrivere il padre della storiografia russa Vasilij Tatiščev: "Non si impedisca ad alcuno di concepir avvenimento inserendovi qualche piccola circostanza di non troppo conto se ciò potrà indiscutibilmente servire al maggior onore della Patria." Forti, quindi, dei tre capisaldi della filosofia russa ("Fa niente", "Fa lo stesso", "Di riffa o di raffa"), tuffiamoci nella notte dei secoli...

Alle porte di Ludoni, a sinistra, si estendeva per centinaia di chilometri quadrati (su un'area pari alla metà del Lussemburgo) una palude chiamata "Laguna della Ripassata"[1]: un vero e proprio acqui-

1 Perché l'autore non rischi di esser tacciato di mistificazione, si veda l'*Atlante stradale della regione di Pskov*, M., 2003, pagina 12.

trino, luogo spaventoso e impraticabile, impercorribile, impenetrabile, imp...

A questo punto farò una piccola digressione toponomastica. Si sa che nel XVIII secolo nelle attività investigative a sfondo politico l'eufemismo "ripassare" era di norma utilizzato per sostituire un altro ben più noto verbo che indicava una presunta (o vagheggiata) intimità sessuale tra l'inquisito e l'imperatrice. Non appena il futuro criminale lo proclamava pubblicamente e a gran voce veniva acciuffato e, come si legge nelle cronache del tempo, "buttato" nel fondo di una cella nota con l'assai eloquente denominazione di "disgrazia" (da qui l'espressione "cadere in disgrazia") e successivamente trascinato di forza nel "torturatoio" o camera di tortura. Durante l'inchiesta, i protocollisti annotavano su un documento a parte la sconveniente parolina originaria, in seguito il suddetto vergognoso documento veniva distrutto. Nel testo della sentenza l'espressione "in causa" (vale a dire che aveva costituito capo d'imputazione) veniva sostituita con l'eufemismo suddetto e un'integrazione: "...profferendolo senz'ombra di vergogna." Dagli antichi atti si evince persino l'esistenza di una specifica scala di eufemismi. Per i termini convenzionalmente designati con gli eufemismi "ripassare", "penetrare" e "infilare" (ad esempio: "...e profferì senz'ombra di vergogna: la vostra sovrana mi son ripassato") era prevista una pena che per i tempi che correvano poteva dirsi sufficientemente umana: dopo avergli mozzato la lingua, il reo veniva battuto con la verga e spedito al confino nella città di Nerčinsk. La pena capitale spettava invece allo spudorato che nei confronti della sovrana avesse utilizzato un verbo rimasto a noi ignoto e che solitamente era celato dietro l'eufemismo "straripassare"[2]*. Sono convinto che ora, forti di questa parentesi chiarificatrice,*

2 Per ulteriori chiarimenti, si veda: Anisimov E.V., *Dyba i knut: političeskij sysk i russkoe obščestvo v XVII veke*, Moskva, 1999, pagine 492-93.

il reale significato del nome della palude di Ludoni apparirà limpido come l'acqua anche al più verecondo dei lettori.

Vale poi la pena di dire che in questo "Lussemburgo del Nord" esiste un gran numero di luoghi sconosciuti e inesplorati su cui mai si è posato piede umano (o sarebbe meglio dire "immerso"?), che è pur arrivato a posarsi, come tutti sanno, sull'Everest e sulla Luna... Così nel corso dei secoli, il giorno del solstizio d'estate, gli abitanti dei villaggi limitrofi hanno udito un agghiacciante barrito di tromba giungere dall'alto dei cieli e all'imbrunire hanno scorto tenui bagliori di fuoco aleggianti sulle paludi. Non appena echeggiava quel terrificante suono, tutti i contadini del circondario cadevano a terra come spighe falciate nel punto esatto in cui quella voce celeste li aveva sorpresi, sentivano le forze andarsene e in preda a un'angoscia mortale piangevano rimanendo a terra immobili, impietriti dall'inattesa sciagura. Oggi gli scienziati si riferiscono a questo raro fenomeno chiamandolo "acciacco degli ulati": in epoche lontanissime esso affliggeva l'antichissimo popolo dei megaliti che abitava la parte orientale dei paesi baltici. I familiari di quei poveri disgraziati erano poi costretti a riportarli a casa trascinandoli per mani e piedi o in groppa di cavallo. Sorprende alquanto che su donne e bambini quel lamento celeste non avesse alcun effetto, ragion per cui gli uomini venivano ingiustamente accusati di abuso di bevande alcoliche. Il fatto che tra gli uomini rimasti d'improvviso senza forze nei giorni più caldi del periodo della fienagione vi fosse effettivamente un gran numero di ubriachi alterava in modo considerevole il quadro della situazione.[3] Alla fine la gente iniziò ad abbandonare gra-

3 Mi preme far notare ai lettori che, come attestato da fonti ufficiali, tutti i protagonisti della vicenda (con l'esclusione di una manciata di casi) si trovavano in uno stato di ubriachezza di grado variabile. Una dura realtà che va assolutamente tenuta in considerazione.

goglus

dualmente quei luoghi pericolosi cosicché oggi, nei dintorni della Laguna della Ripassata, non rimane più un solo villaggio.

Tra l'altro l'epos spiega quale sia la reale causa dell'"acciacco degli ulati": sembra infatti che una volta l'anno, tra le nuvole, a incredibile altezza dal suolo, abbia luogo una lotta (anzi, più semplicemente, una zuffa) tra due draghi per il dominio della località descritta. L'ipotesi sarebbe stata confermata anche da misteriosi reperti rinvenuti nelle paludi limitrofe: enormi brandelli di carne puzzolente con resti di ruvida pelle simile a quella dei serpenti. I pezzi di questi Fafnir avrebbero fatto pensare ai rottami dell'aereo spia americano U2 abbattuto alla metà del secolo scorso dai prodi soldati delle nostre truppe missilistiche, se poco lontano da lì non fosse stata ritrovata una testa simile a una mostruosa cavalletta con gli occhi sporgenti.

Che negli abissi della Laguna della Ripassata esistessero davvero dei draghi suscitando nell'uomo un *horror draco* è fatto assolutamente dimostrabile. Oggi, seppur a piccoli passi, la scienza inizia a riconoscere che alcune specie di animali anfibi potevano avere (già in epoca storica) oltre alle ali – membrane di pelle simili a quelle di cui erano dotati i vari pterosauri, pterodattili, pteranodonti e ranforinchi preistorici – anche particolari ghiandole in grado di produrre un gas infiammabile o una particolare miscela liquida (probabilmente acido solfidrico): tale sostanza si incendiava quando l'animale era oltremodo irritato e la temperatura corporea si innalzava.[4] Negli annali russi sono frequenti i riferimenti a queste terrificanti creature celesti. Negli annali del 1091 ad esempio si legge che durante una battuta di caccia del Gran Principe Vsevolod "dall'etra

4 Cfr. i varani, o "draghi", sputafuoco che popolano l'isola indonesiana di Comodo.

precipitò un serpe gigantesco che ogni gente fece inorridir e in quel mentre la terra fu scossa da un gran boato che tutti udirono". Un'altra cronaca riferisce che sul far della sera dell'otto di dicembre dell'anno 1411 "i cieli furono solcati da un serpe alato gigantesco e di assai terrificante aspetto che dalle fauci soffiava fuoco. Volava da Oriente a Occidente e riluceva come un sole al sorgere. E lo videro il principe Vasilij Michailovič e i boiari e le genti tutte di ogni villaggio... e lo videro nello stesso momento". Infine, in epoca più tarda, nel 1719, da Arzamas giunse una denunzia in cui il commissario distrettuale Vasilij Štykov informava che durante una violenta tempesta "dai cieli, effondendo orribile lezzo, cadde un serpe che ardeva per prodigio divino". Ogni tentativo di portar il serpe alla Kunstkamera di Pietroburgo si era rivelato vano perché a causa della calura il cadavere del mostro si era velocemente putrefatto.

Ai giorni nostri i terrificanti lamenti sono ormai cessati (o forse non c'è più nessuno che possa udirli in quelle località remote e deserte?) e dai sereni cieli estivi di tanto in tanto risuona solamente il botto di un aereo che rompe la barriera del suono... Ma ovviamente non di U2 si tratta.

CAPITOLO 2. ŠČIRSK

Paese natio nonché residenza dei boiari Ščirskie di Novgorod che qui vissero sino all'inizio del pogrom del 1570 sferrato da Ivan il Terribile contro la Grande Novgorod. A seguito del durissimo "smascheramento dei traditori" ordinato da Ivan, gli Ščirskie, come anche molti altri casati – gli Šimskie, gli Šelonskie e via dicendo – sparirono nei luoghi di confino della lontana Kazan'. Successivamente, per volontà del sovrano, da Vologda fu lì distaccato un militare moscovita, il principe e *stol'nik* della corona Evtifej Doldomskij. Tra i numerosissimi discendenti di Evtifej vi furono sia persone normalissime che veri e propri mostri, soprattutto nel XVIII secolo, epoca in cui si sviluppò il sistema della servitù della gleba. Numerosi sono gli orrendi segreti celati dalle terre di Ščirsk: si narra addirittura che nelle profonde acque del fiume locale, il Belka, siano sparite tracce di crimini agghiaccianti. Ora che il fiume si è ricoperto di cespi di carice ed è diventato meno profondo talvolta vengono rinvenuti arrugginiti ceppi per piedi, collari di metallo con lunghi aculei per impedire di sdraiarsi o appoggiarsi al muro, e persino bizzarre spranghe metalliche usate per marchiare a fuoco la schiena di uomini sospesi al "cavalletto". Alla metà del XVIII secolo assai pessima fama si guadagnò il medico militare a riposo Hannibal Ardalionovič Doldomskij che nel 1754 fu rimosso dal servizio con infamia. Come si leggeva nel decreto zarista firmato da Elizaveta Petrovna, la rimozione dal servizio era avvenuta "per aver ruttato alito avvinazzato in presenza di Sua Maestà", nonché per strani e degeneri sbeffeggiamenti nei confronti degli agnelli. Dopo essersi stabilito nel villaggio, Doldomskij si trasformò in un vero e proprio bruto, infliggendo crudeli sofferenze ai domestici, torturandoli, bastonandoli e fustigandoli spietatamente, alternando le percosse con "trascinamenti per i capelli" per tutta la tenuta. In inverno il dottor Hannibal li temprava costringendoli a camminare completamente nudi nella neve. Come rivelò un'inchiesta ordinata da Pskov, al figlio di una coppia di contadini l'uomo "spezzò braccia e gambe e, su di lui chinatosi, gli morse la testa, staccandogli le orecchie di cui poi si cibò". Si pensa che Doldomskij fosse un "kinder-cannibale", un mangiabambini. Circolano decine di storie su figli di contadini spariti nei pressi delle proprietà del bruto: per attirarli, il dottor Hannibal aveva avviato sulle sue terre la coltivazione di una varietà di fragole d'oltremare dolcissime che usava per adescare e catturare i piccoli sventurati, irrigando poi orti e aiuole con il loro sangue. E oggi questi luoghi sono famosi proprio per quelle succose fragole cresciute assorbendo il sangue innocente dei bambini e che i frutticoltori locali vendono lungo la strada in grandi secchi smaltati di bianco. Le autorità di Pskov, allarmate dalle terrificanti voci che giungevano da Ščirsk, furono persino costrette ad assumere la tutela delle proprietà di Doldomskij e a suggerire al possidente, a nome della caritatevole sovrana, di allontanarsi per un soggiorno di cura per malattie nervose presso le terme di Baden-Baden. Più tardi, allorché la morte di Hannibal, avvenuta nel 1805, liberò gli abitanti dal perenne timore per l'incolumità della gioventù, la casa del possidente fu distrutta da un incendio. Tra la cenere fu ritrovato un gran numero di teschi, anche di bambini; fu poi rinvenuto un "paiolo di rame, enorme e bruciacchiato" di forma assai insolita, in cui veniva raccolto sangue umano, cosa che diede adito a molte dicerie...

CAPITOLO 3. CHREDINO

Località nota in primis per il crollo del poderoso muro di cinta della chiesa locale, avvenuto, a nostra memoria, in epoca neanche troppo lontana. A onor del vero bisogna riconoscere che già da alcuni anni il muro aveva perso solidità e stabilità – come dicono da queste parti, si era "di molto messo di sghimbescio" – e, secondo un'antica usanza russa, era stato puntellato con un paio di travi. Quei mattacchioni dei villeggianti della domenica che arrivavano da Pietroburgo si divertivano sempre a scommettere se il muro di cinta, eretto ancor prima della rivoluzione, sarebbe rimasto in piedi fino alla fine del millennio o se invece non ce l'avrebbe fatta. Tutta una burla, sì, ma purtroppo la cosa è andata poi a finire in tragedia. Mi riferisco alla storia della cosiddetta "apparizione del Cane Nero di Chredino", diventato famoso in tutta la Russia e di cui diedero notizia le telescriventi di tutte le più importanti agenzie di stampa del pianeta. Secondo quanto raccontato dai numerosissimi testimoni oculari, il fatto si era così svolto: una sera, al crepuscolo, in una delle stradine di Chredino, era apparso un cane gigantesco, grosso quasi come un cavallo, occhi fiammeggianti di viola come un fornello a gas e pelo scintillante al chiar di luna. Correva silenzioso questo cane: dalle fauci fuoriuscivano nuvole di vapore fetido e dal muso sbavava schiuma. Fece irruzione nella chiesa e sotto gli occhi di uno sparuto gruppetto di parrocchiani sbranò due vecchie monache. Tempo dopo si venne a sapere che le due vecchie avevano passaporto greco ed erano originarie dell'assolata isola di Lesbo. La mostruosa creatura, comunque, non si limitò semplicemente a sbranarle, ma con la velocità del lampo e la precisione del chirurgo, mozzò la testa delle due venerande lesbie che con un tonfo rotolò sul pavimento della chiesa. Solo dopo lunghe ricerche le teste furono ritrovate nell'angolo più buio della casa di Dio.

Una volta commesso l'efferato e agghiacciante delitto, l'orrendo cagnaccio era schizzato fuori della chiesa e, lanciato in corsa, con una sola zampata aveva ucciso anche il poliziotto di quartiere che in quel preciso momento si stava avvicinando al tempio, per abbattersi subito dopo, con la violenza di un carro armato lanciato a folle velocità, contro il suddetto muro di cinta facendolo crollare all'istante per tutta la sua lunghezza dopo che aveva retto per un buon millennio. Il fantasma si era poi dileguato. Uno dei chredinesi, che da giovane aveva prestato servizio nella divisione carristi Kantemirovskaja dell'Armata Rossa, affermò di aver avuto la netta sensazione[5] che sulla strada stesse sfrecciando il suo glorioso T-70: la terra tremò e sussultò, dai nidi sugli alberi le cornacchie si involarono

5 Vedi nota 3.

gracchiando lungo il ciglio della strada, i cani ulularono spaventosamente e i gatti soffiarono e sputarono. La cosa più terribile, però, fu che in tutte le case del villaggio non solo stoviglie e vasellami vari caddero giù da credenze e scaffali, ma saltarono via anche i tabernacoli con le icone dagli angoli di devozione, e i muri, dietro le icone, trasudarono misteriose lettere color sangue (con molta probabilità, caratteri runici). Un'eventuale improvvisa incursione di tutta la divisione Kantemirovskaja al gran completo nel piccolo villaggio non avrebbe causato altrettanti danni. Nel frattempo, il cane fantasma aveva avuto il tempo di dileguarsi o, come ebbero a dire i testimoni oculari, "si dissolse" nei campi. Subito dopo si udì rombare un tuono e venne giù un pauroso acquazzone: dal cielo piovvero rane e piccoli pesci in gran quantità, fenomeno per il quale esiste una spiegazione assolutamente razionale, oserei dire banale, e che nulla ha a che vedere con la storia appena narrata, una spiegazione che trova fondamento sui dati disponibili in merito alla natura delle trombe d'aria. Il cataclisma naturale, però, fece la gioia dei gatti della zona ancora spaventati dal passaggio della pseudo-divisione Kantemirovskaja.

Va da sé che sull'episodio fu aperta un'indagine sia ufficiale che popolare. Molti abitanti del villaggio ricordarono tre curiosi fatti che, se considerati alla luce del terribile avvenimento, risultavano chiaramente collegati. Primo: all'incirca nello stesso periodo, nelle vicinanze, si erano visti in giro due enormi dalmata – di dimensioni veramente impressionanti – che si diceva fossero stati portati lì da Toronto dai proprietari di una dacia nel paesello confinante.

A proposito, venne fuori che una villeggiante fosse stata segretamente rimpiazzata. Agli inizi degli anni '90 del '900, la donna era emigrata in Canada, aveva aperto una lavanderia a secco ed era diventata mi-

liardaria. Poco tempo dopo, però, mossa da quel sentimento di superiorità tipico di ogni emigrato nei confronti di chi è rimasto nella "miserabile" madre patria (spesso gli emigrati si sentono più importanti di chi è rimasto per il solo fatto di essersene andati), cominciò a invitare la sorella gemella che, come direbbero i comunisti, "sotto il regime antipopolare di El'cin" stava facendo la fame. Accogliendo l'invito della congiunta, la donna arrivò in Canada ma poco tempo dopo si ammalò e fu necessario ricoverarla in ospedale. La sorella-emigrata, prevedendo spese esorbitanti per le cure mediche, cedette alla sorella-russa la propria polizza assicurativa, come se si fosse ammalata lei stessa. La sorella, in clinica, tirò le cuoia e il funerale fu organizzato interamente a carico della compagnia di assicurazioni, che per quella mistificazione dovette sborsare una bella cifretta. Per non finire in una prigione tipo Alcatraz o Shawshank con l'accusa di contraffazione di documenti e andare in rovina, la sfortunata signora dovette intestare in fretta e furia la lavanderia al marito retrodatando i documenti e, allo scadere del visto della defunta sorella, a rientrare definitivamente in Russia. Da quel giorno non fa che inviare al marito inutili inviti perché la raggiunga e la risposi. Il "vedovo" però, che scemo non è, non si muove adducendo a pretesto gli enormi impegni per l'attività che ha legittimamente ereditato dalla defunta consorte.

Secondo: non molto tempo prima di questo episodio, in TV avevano trasmesso *Il mastino di Baskerville*, famoso film del regista Maslennikov. E, per finire, terzo: proprio in quei giorni il giornale locale aveva pubblicato un trafiletto con un titolo che aveva fatto riflettere: REO AL NEON!, nel quale si diceva che in Canada, precisamente nella città di Toronto, alcuni ricercatori universitari avevano inventato una crema fosforescente che l'amministrazione delle prigioni canadesi "userà per marchiare i sovversivi"; nel corso degli esperimenti si scoprì che senza una speciale sostanza neutralizzante è praticamente impossibile cancellarne le tracce. Di quale specifica sostanza si tratti, per i detenuti rimane un assoluto mistero. Così marchiati di crema luminescente non avranno più la possibilità di sorprendere i sorveglianti col favore del buio. Inutili i tentativi degli Sherlock Holmes chredinesi di far notare agli investigatori di Porchov la strana coincidenza tra i suddetti fatti e l'eventualità di una mistificazione su vasta scala e di scellerate cospirazioni da parte dei servizi di intelligence di paesi imperialisti al solo scopo di destabilizzare la regione. Il caso dell'assassinio delle due vecchiette di Lesbo e dell'agente di polizia di Chredino fu archiviato senza che nelle indagini fosse stata adottata alcuna metodologia deduttiva. Peccato però, perché è noto che i racconti di Conan Doyle sono inseriti nei programmi di studio degli allievi dell'Accademia di Scotland Yard. La perfetta padronanza del metodo deduttivo è effettivamente di grande utilità agli inglesi nella risoluzione dei delitti...

CAPITOLO 4. ZALAZY

Qui si incontrarono Puškin e Küchelbecker. Questa storia, raccontata sulle pagine di tutti i libri di scuola, avvenne nel 1826 allorché A.S. Puškin, in viaggio per la tenuta di Michajlovskoe attraverso le terre di Porchov, alla stazione di posta di Zalazy incontrò inaspettatamente l'ex compagno di liceo Wilhelm Küchelbecker, glorioso rivoluzionario che, come Puškin scoprì, alcuni gendarmi stavano conducendo nella prigione della fortezza di Dinaburgsk. Ricordo che sul mio libro di letteratura russa della nona classe c'era per l'appunto un'illustrazione che raffigurava l'episodio. Insomma, il caso fece incontrare i due amici che si abbracciarono e si fecero anche un pianterello. Puškin litigò pure con il gendarme capo Žicharev che tentava di separarli. Il poeta urlò al gendarme che conosceva il sovrano (sacrosanta verità!) e che anche lui era stato rinchiuso in una fortezza (e questa, scusatemi tanto, ma è un'esagerazione poetica!). Sul celebre incontro il gendarme stese un rapporto riferendo tanto la sostanza dell'accaduto quanto l'uscita "del famoso Puškin che compone poesie". Lo stesso Puškin ne parlò nelle proprie note autobiografiche, e più tardi Küchelbecker ricordò con affetto l'incontro in una lettera che inviò a Puškin dalla Siberia.

Ai giorni nostri a Zalazy, accanto alla piccola cappella, dove un tempo si trovava la stazione di posta, è stata messa una targa commemorativa con una dicitura confacente all'episodio, del tipo: "In questo luogo..." eccetera. E così l'incontro tra i due compagni di liceo è divenuto l'unico avvenimento storico degno di memoria di tutta la millenaria storia del villaggio di Zalazy; e gli abitanti festeggiano ogni anno il 14 ottobre con grande solennità. Negli ultimi anni promotrice della ricorrenza popolare intitolata "Incontro casuale tra A.S. Puškin e W.K. Küchelbecker" è stata la sezione locale del partito nazionalista Russia Unita.

Se vi trovaste a passare per Zalazy la nebbiosa e umida mattina del 14 ottobre, non riconoscereste tanto facilmente la cittadina solitamente deserta (una volta mi è capitato di passarci d'estate e mentre l'attraversavo ho messo sotto una gallina. Mi sono fermato per fare giusta ammenda o almeno pagare una penale, ma per quanto avessi atteso, del padrone neanche l'ombra: in tutto il paesino non c'era anima viva). Quel giorno il villaggio si trasforma: le vie vengono ripulite, sulle palizzate e sulle porte vengono esposti drappi con i colori della bandiera e i ritratti di V.V. Putin addobbati con ghirlande di foglie d'acero (intrecciate a mano dai membri di Marciamo Insieme, il movimento giovanile di Boroviči) e da una parte all'altra della strada sventola uno striscione azzurro con la scritta: "Sempiternamente, o Puškin, serberò memoria del nostro incontro! W.K. Küchelbecker." Quel giorno dalla Bielorussia di Lukašenko giungono mercanti che passando di paese in paese fanno affari coi loro vari articoli, la gente si veste a festa e, ancor prima che lo spettacolo inizi, sul praticello antistante la piccola cappella gli uomini sono già nel vivo dei loro briosi turpiloqui.

La festa inizia con una funzione religiosa nella vicina chiesetta di Chredino, nota per il suo fantasma, seguita secondo il programma da una sorta di via crucis da Chredino a Zalazy. Recando bandiere di Cristo e turiboli, il corteo formato dal clero locale, dai "capetti" della sezione di Porchov di Russia Unita, dalle autorità e, in coda, dalla gente comune[6] si muove lungo la carrozzabile, lento e solenne, come un "gregge pasturato", dicono da queste parti, cioè come bestiame che a mezzodì viene ricondotto dal campo di pascolo per la mungitura pomeridiana. I festeggiamenti, che si svolgono con grande affluenza di pubblico, raggiungono il culmine con la rappresentazione teatrale del *Fortuito incontro*, messa in scena dagli attori del teatro di prosa Puškin di Pskov. Per partecipare ai festeggiamenti giungono in autobus tutti i discendenti di Puškin e Küchelbecker. Negli ultimi anni – sotto la presidenza di Putin, probabilmente in virtù di una linea *politically correct* e come segno di rispetto per gli organi di polizia – gli organizzatori hanno cominciato a far arrivare, a bordo di semplici mezzi pubblici, anche i discendenti del gendarme Žicharev, per la maggior parte giovanotti con facce anonime e capelli a spazzola.

La toccante scena dell'incontro, rappresentata proprio nei pressi della targa commemorativa, suscita sempre un effetto così forte ne-

6 Vedi nota 3.

gli spettatori che, in occasione dell'ultima rappresentazione, i reparti speciali di polizia dell'OMON di Porchov sono stati costretti a circondare la zona perché, nel momento in cui i gendarmi separano i due amici stretti nel fraterno abbraccio, un gruppo di spettatori ubriachi ha fatto irruzione sul palco urlando "Satrapi!", dandole di santa ragione ai gendarmi e facendo a brandelli la redingote grigia di Puškin. Le squadre dell'OMON sono necessarie anche perché c'è sempre il pericolo che in occasione di un picnic improvvisato a ridosso delle mura della cappella, possano scoppiare scaramucce tra i discendenti forestieri di Puškin e Küchelbecker, propugnatori delle idee di libertà e amanti del bicchiere, e i discendenti astemi e non fumatori di Žicharev che superano di gran lunga i primi sia per numero che per prestanza fisica, nella qual cosa non si può non ravvisare una certa radice storica...

Personalmente non riuscirei neanche a trovare le parole per descrivere l'amore che gli indigeni provano nei confronti di A.S. Puškin. Lo considerano a un tempo loro conterraneo e protettore celeste, alla stessa stregua della principessa Ol'ga e della patrona Santa Paraskeva, e credono che tutti e tre nel regno dei cieli intercedano per la remissione dei loro peccati. Quest'amore per Puškin, che si è conservato vivo nel corso dei secoli, sbocciò all'epoca in cui il genio russo languiva esule nella propria tenuta di Michajlovskoe. I proprietari dei poderi limitrofi si affezionarono così fortemente alla penna di Puškin da arrivare a organizzare una congiura di graziose villanelle pskovesi in veste di originale massoneria che aveva eletto come vessilli ed emblemi gli indumenti sottratti di nascosto al nume. Fu così che Puškin si ritrovava sempre a corto di capi di vestiario di prima necessità come calzini, foulard da collo, cravatte, bottoni e via discorrendo, cosa di cui si lagnava costantemente nelle lettere all'amico Vjazemskij, al libraio Smirdin, al generale Benkendorf e al fratello Lev. La cospirazione mirava a evitare che Puškin si allontanas-

se da quel luogo di confino, dolce per loro ma angoscioso per il genio. Era sufficiente che Puškin iniziasse i preparativi per la partenza da Michajlovskoe per partecipare a un'insurrezione di decabristi, ad esempio, o per attendere a una qualsiasi altra faccenda privata, perché i proprietari terrieri inviassero immediatamente i domestici a spifferare tutto ai monaci del monastero di Svjatye Gory che avevano il compito di sorvegliare l'esiliato poeta, ordinando altresì di lasciar libere, dinanzi alla carrozza dello scrittore, decine di lepri catturate all'uopo. E giacché Puškin era noto per essere uomo profondamente superstizioso, ogni volta che vedeva una lepre attraversargli di corsa la strada o andargli incontro il pope – precedentemente imbeccato dai congiurati nel caso in cui il piano delle lepri e dei monaci fosse fallito – se ne tornava dritto dalla sua governante Arina Rodionovna e così non sciupava la sua penna per dame e donzelle di altri governatorati. E solo l'ukaz zarista consegnato dal corriere militare con l'ingiunzione per il poeta di presentarsi senza indugio a Mosca riuscì ad arrestare quel singolare amoroso complotto per il genio della poesia russa. Non a caso, il simbolo più significativo di questo amore per Puškin è un monumento al leprottino di Pskov che con la sua eroica impresa si elevò a sanbernardo svizzero: fu proprio un leprotto di Michajlovskoe, difatti, che tagliando la strada a Puškin nel dicembre del 1825 gli fece scampare la Siberia o la medesima sorte toccata a Ryleev, anch'egli famoso poeta.

È naturale, quindi, che a scuola tutte le nuove generazioni di bambini pskovesi scrivano temini solo ed esclusivamente su Puškin, ottenendo tra l'altro risultati non inferiori a quelli del ben più celebre scrittore Nebityj, puškinofilo/puškinofago. Poco tempo fa una bambina di Zalazy ha scritto: "Quando Puškin era piccolo, di nome faceva Abraham Petrovič Hannibal e l'avevano portato dall'Africa come dono per Pietro I, poi quando è diventato grande si è incontrato con Küchelbecker nel nostro paese." Nebityj partecipò al pri-

mo simposio tenutosi a Zalazy dal titolo "Un incontro tra amici. Uno sguardo attraverso i secoli". Moderatore del simposio era il famoso slavista francese Charles Murat, giunto a Zalazy direttamente da Parigi, città in cui viveva snervato dall'ozio e da un'incomprensibile nostalgia della Russia. Il primo giorno dei lavori l'attenzione del pubblico fu completamente catturata dalla relazione di Ivan Smetanin, veterano di guerra nonché cavaliere dell'ordine di Aleksandr Nevskij, dedicata alla ricerca delle radici russe dei nomi Saltan e Guidone, i due protagonisti del racconto di Puškin *Favola dello zar Saltan*, e summa di tutti i progressi della contemporanea e patriottica puškinologia. Il ricercatore dimostrò in modo convincente che il nome dello zar Saltan era stato suggerito al poeta da una visita nel paesino russo di Saltanovo, poco distante da Michajlovskoe. "È possibile" era l'ipotesi illustrata dallo studioso autodidatta "che Puškin si sia fermato a Saltanovo per farsi un bicchierino di *kvas* casereccio, scambiando due chiacchiere con i contadini del posto (cosa che amava particolarmente) e che abbia cullato un bambino diventato poi il futuro eroe epico contadino."

Più avanti Smetanin prese coraggiosamente in esame alcuni interrogativi maturati nel corso del tempo: "In quale misura i racconti di Puškin rimangono ancora attuali ai nostri giorni?", "Quale saggezza popolare il poeta ha consegnato alla sua opera?", dando egli stesso risposta: "In splendida forma di versi, Puškin ci ha rivelato la profonda saggezza popolare, l'eterna devozione del figlio per il padre! Ricordate?

Un assillo mi divora,
E di me s'è impadronito
Vorrei veder mio padre.

'Mio padre', cari compagni e signori: proprio in questo consiste l'attualità dei racconti di Puškin anche ai giorni nostri, a beneficio di tutte le attuali e future generazioni di russi e in ogni tempo, fino a quando sulla terra continueranno a esistere padri e figli! La seconda saggezza popolare che Puškin ha affidato al racconto è quella secondo cui il popolo russo è per propria natura sempre accondiscendente, moderato, magnanimo, buono, onesto e soprattutto difensore della terra natia con coraggio, audacia e valore. Dopo aver studiato l'opera del grande poeta per ben quattordici anni, sono giunto alla conclusione che tutti i suoi scritti sono attuali, specchio stesso della vita che esaltano in ogni occasione, ergo immortali!"

Il puškinofilo Nebityj[7] diede poi lettura di un ennesimo capitolo delle sue intime virtuali memorie sul grande poeta. Nel suo intervento di chiusura, Charles Murat informò che, in vista del secondo simposio, le autorità avevano deciso di far costruire a Zalazy un edificio sul genere del palazzo dei congressi, assolutamente non inferiore per bellezza a quello di Puškinskie Gory… Detto questo se ne tornarono tutti a casa.

7 Vedi nota 3.

CAPITOLO 5. PAVY

Località bizzarra e poco conosciuta. Gli automobilisti solitamente attraversano il paesino alla velocità di ottanta chilometri orari, contravvenendo a tutte le norme del codice della strada: il fatto è che chi siede al volante, senza volerlo, viene colto da un vago timore, via via più intenso soprattutto nelle ore serali, dopo il calar del sole. Gli abitanti dei dintorni hanno più volte raccontato che il paesino, assolutamente deserto di giorno, sul far della sera si rianima sinistramente e per la strada iniziano a saettare strane ombre, a rilucere occhi nel buio, e dai finestrini socchiusi delle macchine entra un odore di umido e marcio. Al limitar del paesino solitamente non illuminato, poco distante dal cimitero, si trova l'unico negozio di tutto il circondario con una grossa insegna luminosa che emana una specie di chiarore o fosforescenza soprannaturale con la scritta "L'eterno riposo. Onoranze funebri". E quando capita di passarci accanto nella semioscurità, la schiena è percorsa da brividi e la fronte si riga di sudore freddo, come succede ai famosi eroi del film *Dal tramonto all'alba*. Si dice che nei pressi del negozio, sotto la luce tremolante dell'insegna, si affollino cadaveri nudi che litigano, si strappano l'un l'altro le corone di fiori, i lenzuoli funebri e altri articoli mortuari...

È possibile che si tratti solamente di voci poco attendibili o delle allucinazioni di un automobilista stanco, oppure può anche darsi che non si tratti né di voci né di allucinazioni. Il quotidiano locale, il "Corriere di Porchov", il 15 settembre 1994 è uscito con un articolo su un episodio accaduto nella zona agli inizi dello stesso mese di settembre, nel giorno di "Santa Teodora alessandrina, l'autunno s'avvicina", intitolato OSCENA SFILATA. "Una coppia di individui com-

pletamente nudi si è fatta strada tra i fischi e le urla dei passanti. Gli agenti di polizia di pattuglia, però, li hanno arrestati prima che potessero guadagnare la porta di casa. Giunti al commissariato, coperti alla meno peggio, i due fermati hanno spiegato di essere diventati nudisti contro la propria volontà. Sembra che quella stessa mattina, di buon'ora, l'affiatata coppia originaria del paese di Červišči fosse uscita di casa munita di zappa per andare a raccogliere patate in un orto altrui. E lì era stata colta con le mani nel sacco dal padrone del terreno, il magazziniere Bibikov-Skal'skij. Puntando il fucile contro i due ladri, l'uomo aveva ordinato loro di spogliarsi, di buttare abiti e zappa nel fiume e li aveva mandati a casa di Dio."

C'è chi sostiene che tutta questa storia altro non sia che la classica fandonia di facciata. In realtà, le autorità hanno tenuto nascosti all'opinione pubblica alcuni spaventosi particolari riguardanti l'accaduto: quando furono fermati l'uomo e la donna[8], nudi, parlavano con una bizzarra voce rauca, e giunti al commissariato nei locali si era fatto improvvisamente freddo, tanto che all'agente intento a stendere il verbale si era addirittura congelato l'inchiostro della penna (ed era appena l'inizio di settembre!). La cosa più impressionante, però, era che sul corpo dei due arrestati fossero apparse inconfondibili macchie cadaveriche (che alcuni, tuttavia, ritengono ematomi comuni per questa specie di umanoidi). Oltretutto dai cadaveri emanava un lezzo talmente ripugnante che persino i poliziotti, ormai abituati a tutto, si erano adoperati per farli uscire quanto prima dal commissariato con il pretesto della non sussistenza di reato. Al che la coppia era andata a nascondersi nell'oscurità proprio sul retro del negozio L'eterno riposo. Onoranze funebri.

Appena fuori Pavy, a destra della strada che porta a Zaborov'e, si apre un campo di papaveri di straordinaria bellezza. Il luogo è noto come Kozjul'kiny Gorby. A dire il vero, nell'era dell'Ente federale per il controllo sul traffico della droga e delle sostanze stupefacenti non c'è più nessuno così sconsiderato da mettersi impudentemente a coltivare papavero (tanto che le brioche ai semi di papavero sono diventate una vera e propria rarità). In questo caso però le cose stanno diversamente: nonostante le alterne vicende del sistema politico ed economico, il sovchoz post-sovietico sopravvissuto da quelle parti, anno dopo anno, si ostina a coltivare i campi a segale e ogni volta la segale sparisce tra la rigogliosa macchia di papaveri rosso fuoco. Per questo motivo, dalla strada si ha quasi l'illusione di penetrare in una remota provincia afgana. I tentativi di alcuni cittadini particolarmente solerti che percorrono la strada che costeg-

8 Vedi nota 3.

gia il campo di denunciare via cellulare, a chi di dovere, i narcotrafficanti locali non hanno portato a nulla. Interpellati dal Comitato statale di Čerkesov, i minacciosi investigatori del reparto speciale dell'OMON sono giunti a volto coperto, sono sbarcati dalle loro lussuose autovetture sul ciglio della strada e scesi nel campo, contrariati, sono poi prontamente ripartiti. A quanto sembra, sul suddetto terreno non è affatto il papavero a crescere rigoglioso. Ossia, tecnicamente parlando, si tratta in effetti di papavero, ma di una strana specie…

La storia di questo luogo è permeata di leggende popolari. Si può affermare con certezza che all'ambito dello scandalo è legata una parabola pskovese sull'utilità della buona creanza.

Anticamente il popolo di Pskov si distingueva per particolari caratteristiche di onestà, schiettezza e spontaneità, sconosciute alle genti limitrofe. Inoltre gli pskovesi erano religiosi e istruiti e avevano usi e costumi raffinati. Esattamente in questi termini li descriveva nel XVI secolo il viaggiatore Siegmund von Herberstein. Lui stesso sottolineava che tale raffinatezza aveva subìto una degenerazione nel momento in cui Pskov era stata annessa a Mosca, la quale aveva introdotto sul territorio della repubblica i propri usi e costumi rozzi e viziosi, per giunta mettendo tutti a stecchetto: gli archeologi, infatti, hanno potuto testimoniare, in base ai ritrovamenti ossei, che il numero degli animali domestici che i ceti alti erano soliti tenere in casa nella Pskov medievale, dall'inizio del XVI secolo – allorché Pskov era finita nelle grinfie di Mosca – era drasticamente diminuito. Noi di Pietroburgo ne sappiamo qualcosa, sebbene, come sta venendo fuori adesso, anche i pietroburghesi non sono stati un gran regalo per Mosca e la patria! Per questo a tutt'oggi tra la popolazione pskovese non sono poche le persone di grande educazione, generosità e benevolenza che si sono meritate l'affettuoso nomignolo di villici pskovesi, ma non sono pochi anche i cafoni che racchiudono in sé tutte le caratteristiche morali degli antichi invasori moscoviti.[9]

Insomma, in tempi antichissimi (comunque successivi all'occupazione della libertaria terra di Pskov) due contadini di terreni confinanti, un giorno di autunno, stavano seminando a grano vernino i rispettivi appezzamenti di terra. A un certo punto furono avvicinati da un vecchio viandante di umile aspetto con in mano una bisaccia e un martello che chiese loro cosa stessero seminando. Tutti sanno che nei confronti dei vecchi storpi e vagabondi è buona norma usare particolare cautela, anzi meglio forse mostrarsi quanto più premurosi e compassionevoli giacché è risaputo che sotto le mentite spoglie di innocui vecchietti possono talvolta celarsi straordinari esseri umani e talaltra addirittura non umani, basti ricordare: Fëdor Kuz'mič, un angelo, un diavolo, San Nicola taumaturgo. Può anche capitare che ti faccia visita un ispettore del fisco o addirittura il presidente in persona. Le conseguenze di parole poco gentili rivolte a un nonnetto del genere possono essere le più inattese. Cosa che avvenne proprio nel caso di cui narriamo. Uno dei due uomini era un villico pskovese autentico e rispose cortese al vecchietto: "Semino segale, buonuomo." Al che il vecchietto aveva replicato: "E allora che Dio t'aiuti: che la segale ti cresca alta e ricca di chicchi." L'altro contadino[10], invece, un villano d'ascendenza moscovita, alla domanda del vecchietto rispose da cafone quale era (a pesci in faccia, insomma) dicendo: "Di che t'impicci, vecchia larva che non sei altro, pianto caz... io! Levati di mezzo!" Al che il vecchietto, volendo più o meno essere gentile aveva ribattuto: "E allora che Dio t'aiuti e ti faccia venir su caz... rigogliosi" proseguendo poi per la polverosa strada maestra in direzione di Pavy. E

9 Vedi nota 3.
10 Vedi nota 3.

nessuno lo vide più. In quel momento molti sentirono il fragoroso rombo di un tuono a ciel sereno. Evidentemente dai due contadini era sceso il dio Thor in persona con il suo martello tonante: è risaputo che quel dio era uno sfacciato, furbo e briccone, e per farsi quattro risate amava giocare brutti scherzi, mutandosi d'aspetto...

A primavera i contadini arrivarono nei campi sulle Kozjul'kiny Gorby e videro che al primo dei due era spuntata una segale rigogliosa, un raccolto da quasi quaranta volte la semente (paragonabile a quello della moderna Danimarca), mentre l'altro, a guardar da lontano, pareva avesse l'intero campo seminato a papavero – erano spuntati i famosi caz... promessi dal vecchietto – impalpabili teste rosse dondolate dal vento, disseminate su un'intera *desjatina* di terra, una tale distesa da non saper neanche dove mettere i piedi. E cosa poteva fare il disgraziato contadino? Si precipitò in paese, prese una falce e via a mietere il campo. Ma lì cascò l'asino perché un giorno lui finiva di mietere e il mattino seguente era da capo a dodici: ritti stavano quei maledetti, e si allungavano, inumiditi dalla rugiada e illuminati dal primo sole del mattino. Insomma, il contadino diventò lo zimbello del circondario, attaccò gli attrezzi al chiodo, cacciò tutti di casa e cominciò a darci dentro col bicchiere. In autunno inoltrato, sulle Kozjul'kiny Gorby, tra gli altri campi vuoti continuò a essere visibile solo la sua striscetta di terreno non falciato, fino a quando non fu interamente ricoperta dalle prime nevicate.

Fu proprio quel suo malinconico aspetto a fornire l'ispirazione per una delle opere più umanistiche della poesia russa. Avvenne infatti che, passando di lì in carrozza di ritorno da Pskov a Pietroburgo, il poeta nonché amante della verità Nikolaj Nekrasov[11] vide dal finestrino la suddetta striscetta di terra. Proprio il giorno precedente, giocan-

11 Vedi nota 3.

do a carte con un ussaro di sua conoscenza, aveva perso tutti i tributi in natura che ancora non aveva raccolto nella sua tenuta di Karabicha. I misteri della creazione artistica sono imperscrutabili, ma l'amante della verità, sempre profondamente e intensamente sensibile alle disgrazie del popolo russo, proiettò (per dirla in termini tecnici) i propri esercizi negativi sulla striscetta di caz... abbandonati, visti passare a gran velocità fuori del finestrino, e così nacquero i versi che ogni scolaro russo conosce a memoria:

L'autunno sta per finire. I corvi son volati via,
Spoglio è il bosco, vuoti i campi.

Solo una striscia non è stata falciata...
Mesti pensieri risveglia.

Versi assai malinconici e commoventi per i quali negli ormai lontani anni della scuola media la mia compagna di banco Ljudka Kozlova, acqua cheta nonché studentessa modello[12]*, scoppiava in lacrime ogni volta che i compagni, tra cui io, uno dei tanti alunni della classe, a turno li recitavamo a memoria in piedi alla lavagna, chi per compito a casa e chi per punizione. Se avessi saputo allora come erano andate davvero le cose, forse non avrei impiegato molto a far asciugare le lacrime della mia sensibile compagna raccontandole la scabrosa storiella sull'utilità della buona creanza...*

12 Una volta, comunque, ingiustamente indignata dalle storie di stami e pistilli dell'insegnante di botanica, Ljudka si sciolse la lunga treccia, scivolò sotto il banco (con la scusa di cercare il temperino caduto) – sedevamo allo stesso banco in prima fila – e senza farsi notare legò con uno dei nastri neri i piedi della professoressa facendola poi cadere. Per questo Ljus'ka si era ritrovata in pagella un bel sei in condotta, per tutto l'anno (mai successo prima); e a me, che non avevo nessuna colpa, per complicità e omessa denuncia immagino, toccò un sette per il trimestre, che tra le smozzicate sufficienze nelle altre materie non era poi tanto male.

Ma torniamo al nostro campo sulle Kozjul'kiny Gorby. Col passare del tempo, considerato il basso livello dell'agricoltura nella Russia imperiale e in URSS, la nuova coltivazione – spuntata chissà da dove – ha iniziato gradualmente a degenerare, e adesso in effetti somiglia più al papaverino campestre che ha attecchito saldamente nell'arida e sterile terra di Pskov. Se, però, si osservano con attenzione le piante, bruttine, soprattutto nel periodo della sfioritura, un certo profilo fallico si nota, cosa che, in ultima analisi, ha contrariato gli investigatori della narcotici. Questi paladini della salute della nazione hanno deliberato che il caso non era di competenza del loro dicastero e hanno inviato una relazione sullo straordinario fenomeno naturale all'Accademia agraria. I discendenti di Timirjazev, però, non si sono affrettati a fare sopralluoghi nel sorprendente campo di Pskov. Un genetista[13] che ha letto la comunicazione del Comitato per il controllo sul traffico della droga all'Assemblea generale dell'Accademia russa delle scienze ha detto a un mio conoscente che in Accademia la relazione dei narcodetective non è stata presa molto sul serio perché (forse casualmente) portava la data del primo aprile e tutti hanno pensato si trattasse di un volgare scherzetto dei *silovik*, gli alti papaveri che oggigiorno si concedono spesso qualche licenza di troppo.

CAPITOLO 6. DRJAZŽINKA

Il paesino ha ottenuto grande notorietà nel mondo per un articolo pubblicato su un quotidiano locale in cui si leggeva: "Ignoti malviventi hanno forzato la serratura di un capanno, vi si sono introdotti e hanno rubato tre porcellini." Il quotidiano, però, non

13 Vedi nota 3.

rivelava i nomi dei porcellini. Chissà perché poi![14] Qui c'è un porcile con la tetra ala posteriore (col didietro, insomma) rivolta verso la strada maestra. Da notare è un pertugio per lo scolo delle deiezioni animali dalla forma assai bizzarra che ricorda un numero otto acciaccato. Se capita di passarci accanto al calar del sole, si vede chiaramente l'"otto" fluttuare in una nebbiolina grigiastra irradiando un ultraterreno chiarore azzurrognolo. Giunti lì, tra i miei compagni di viaggio iniziano le discussioni: i romantici ritengono che la luminescenza sia causata da un portale spazio-temporale di tipo ZLG 342; gli altri invece, i pragmatici, sono convinti che si tratti del modo bizzarro in cui la luce di una lampadina imbrattata dalle mosche si rifrange nell'aria miasmatica satura di densissimi gas e che la nebbiolina grigio-azzurra è semplicemente il prodotto dell'odorosa merda che nell'aria crea la famosa "irrespirabile spirale russa dell'atamano Platov". Si dice che molti geni della matematica si stanno arrovellando nel tentativo di scovarne la complicatissima formula per garantirsi, in caso di riuscita, fama e fortuna e magari anche un posticino ben pagato al Massachusets Institute of Technology. Ciononostante, né l'uno né l'altro schieramento di pensiero si risolve mai a fermare la macchina e a verificare di persona la propria ipotesi. Il che è anche comprensibile considerato lo sbalorditivo effetto della spirale e l'odore del "portale", talmente intenso e fastidioso che, se passando di lì in macchina lo si lasciasse filtrare attraverso un finestrino socchiuso, non

14 A proposito dei nomi dei porcellini, alcuni anni fa, in un articolo di un quotidiano locale dedicato all'assedio di Leningrado, lessi la citazione tratta da un poema. Lessi e rabbrividii: "Impregnato di sangue come un patibolo, per nome gli diedero Pjatačok." (Nevskij Pjatačok, stretta striscia di territorio sulla riva sinistra della Neva in cui ebbe luogo una delle più eroiche e tragiche pagine della storia russa durante l'assedio di Leningrado. Pjatačok però è anche il nome del maialino amico di Winnie the Pooh, noto in Italia come Pimpi. NDT)

svanirebbe se non dopo una trentina di chilometri (cioè, al raggiungimento del successivo "portale" di porcile), turbinando nell'abitacolo al pari di un invisibile fulmine sferico e suscitando tra i compagni di viaggio assopiti un indescrivibile imbarazzo reciproco. Personalmente tengo il volante e mi associo all'ipotesi dei pragmatici, perché sono convinto che il vero Portale si trovi dietro la cosiddetta "Porta Nera" di Porchov (di cui parlerò più avanti): non è possibile, infatti, che nella sola zona di Porchov esistano contemporaneamente due Portali! Troppa grazia!

La seconda volta Drjazžinka è finita sulle pagine della *rajonka*, il gazzettino locale, a causa di uno strano e tragico incidente avvenuto nell'estate del 1998. Di seguito riporto il testo dell'articolo apparso sul giornale "Il Potere del Lavoro" con il titolo VISITA ALLA MAMMA: "Il 16 giugno c.a., alle ore venti, il conducente dell'autovettura GAZ-42 PSK, V.A. Volkov, è giunto in stato di ubriachezza nel paese di Drjazžinka per far visita alla madre in quel momento seduta in giardino su una catasta di legna. Durante un'inversione a U per parcheggiare, V.A. Volkov ha investito la madre che ha riportato numerose lesioni (frattura aperta della tibia della gamba sinistra, frattura dell'articolazione del ginocchio destro e una lacerazione alla fronte). Anche il cavallo ha subìto la frattura della tibia della zampa sinistra: per questo motivo il sovchoz Borec è stato costretto a ordinarne la macellazione forzata. La madre di Volkov è stata ricoverata all'ospedale di Boroviči."

CAPITOLO 7. UZA

Avvicinandosi a Porchov, a sinistra della strada che costeggia il bosco c'è una valle lungo la quale serpeggia il noto, lento fiume Šelon', autentica consolazione per l'occhio russo. Come non ricordare a questo punto i versi di un poeta autoctono incisi su una targa di ferro al mercato:

Nostra è questa terra e a essa io appartengo
Come un fil d'erba son cresciuto verso il cielo
Ad alcun giardino proibito dunque anelo
Ma a questo fazzoletto di terra solo tengo.

Poco lontano da qui, su una riva del fiume Uza, affluente dello Šelon', correva il confine tra due popolazioni nemiche: i novgorodesi e i villici pskovesi. Sulle rive dello Šelon', il 14 luglio 1471 ebbe luogo la battaglia decisiva tra la schiera moscovita di Ivan III e i novgorodesi. La vittoria dei moscoviti e dell'orda tartara, loro alleata, fu schiacciante. In quella battaglia, i moscoviti utilizzarono una nuova arma che sbaragliò le truppe dell'indipendente Novgorod. È risaputo che i novgorodesi, come i Berserkir – seguaci del sanguinario dio Odino – dopo aver bevuto un decotto di *Amanita muscaria* cadevano in una frenesia incontrollabile, un delirio mistico: mordevano i bordi degli scudi, andavano a combattere senza corazza, nudi e persino scalzi (e ovviamente dopo ne risultava sempre una gran confusione di stivali lanciati via nella furia). I corpi dei guerrieri rimanevano insensibili a qualsiasi dolore inflitto con il ferro o con il fuoco. Ma anche loro avevano un tallone d'Achille. Nella battaglia sullo Šelon' i moscoviti utilizzarono un'originale innovazione tattica che fece onore all'ingegno e all'astuzia del grande principe Ivan: i Nogai, originari della regione del Caspio, avevano portato a Mosca (tra parentesi, in cambio di notevoli agevolazioni fiscali) cento carri di haloxylon, i cui rami spinosi furono preventivamente sparpagliati sul campo di battaglia. Sulla distesa di aculei i novgorodesi scalzi si ferirono e furono sconfitti. La schiera di Ivan ebbe anche il supporto di quel gran cafone moscovita nonché bestemmiatore sopraffino di Sila Barchatov[15] il quale, innalzato su una pedana speciale, fu portato in prima linea e da lì con voce tonante si lanciò in un florilegio di parolacce moscovite: i novgorodesi, non avendo mai udito nulla di simile in vita loro – neanche in occasione delle animate assemblee generali che di certo non erano salotti di fanciulle blasonate – ne furono travolti, sconcertati, raccapricciati e si disorientarono.

La sconfitta dei novgorodesi, frattanto, era già stata decisa dal cielo. Il capo dell'esercito novgorodese[16] in marcia verso Porchov, infatti, al momento di guadare il fiume Uza nei pressi del borgo di Bljanicy, era rimasto folgorato dalla vista di una fanciulla indigena la quale, versando lacrime amare, lavava panni su un ponticello. Desideroso di consolare l'incantevole pulzella nonché di stringere con lei una più intima conoscenza – perché non si sa mai nella vita – il condottiero si era appropinquato al fiume. Giunto colà, aveva visto la splendida lavandaia intenta a sciacquare e risciacquare nelle verdi acque dell'Uza indumenti maschili insanguinati e armature da combattimento fatte a pezzi. Allorché ella aveva sollevato dall'acqua una camicia, il notabile era raggelato per il terrore: quelle erano le sue vesti...

CAPITOLO 8. PORCHOV

...Entrando in città, poco distante dal passaggio a livello, sul lato sinistro della strada, è visibile una bottega chiamata "Porta Nera". Sono venuto a conoscenza di questo fenomeno assolutamente per

15 Vedi nota 3.
16 Vedi nota 3.

caso, una volta che a Porchov non riuscivo a trovare l'acqua curativa Chilovskaja[17]: al mercato mi dissero di rivolgermi alla Porta Nera perché lì l'avrei senz'altro trovata. Quando, però, chiedevo lumi sull'origine di un nome tanto misterioso, la gente si voltava senza rispondere oppure biascicava cose incomprensibili. Nonostante tutto, non ebbi difficoltà a trovare la bottega nel seminterrato di un vecchio edificio a due piani. La porta in effetti era nera, di ferro e molto dura da aprire e nel chiudersi sbatteva violentemente contro il sedere di "colui che per essa entrava". Feci incetta di acqua Chilovskaja, ma sull'origine del nome della bottega le commesse, giovani e vivaci, non seppero dirmi nulla e mi indicarono il vicino stabilimento Repejnyj – "quello delle lappoline" – perché lì forse sarei riuscito a ottenere informazioni.

Lo stabilimento, in realtà, non si chiamava Repejnyj ma Relejnyj, non di lappoline, bensì di radioline, ma per dieci anni mia moglie mi ha sempre preso in giro dicendo che benché attraversassimo ogni anno Porchov, guidando io (a causa di una scomoda curva a gomito) non ero mai riuscito a notare l'insegna della fabbrica che balenava tra alberi e cespugli. Quella fetente per dieci anni mi ha sempre raccontato che lì producevano un particolare unguento di lappola efficace contro la calvizie (alludendo al problemino dell'autore di queste righe), aggiungendo che accanto all'ingresso stazionavano furgoni carichi di gigantesche lappole di Pskov dalla cui spremitura si otteneva il miracoloso unguento. Negli ultimi anni mi ha anche fatto credere che dallo stand pubblicitario posto accanto al cancello della fabbrica sgorga l'impareggiabile rimedio – già premiato con la medaglia d'oro al Salone di Parigi – e

17 Oh quanto ne avevo bisogno! Fai un ciclo di cure con quell'antica acqua minerale (la prima bottiglia fu stappata nel 1861) mentre te ne stai a riposare in dacia e vivi un anno intero a Pietroburgo come nuovo, senza le solite gastriti e coliti.

che adesso non è più semplicemente lo stabilimento di lappoline di Porchov intitolato a tale Sivačov, ma una vera e propria società a responsabilità limitata, la Lap-Jojoba-Ltd e che prima o poi avremmo assolutamente dovuto farci un salto per il bene della mia calvizie: "Perché tu vali!" E solo quando lo scorso anno mi sono deciso a fermare la macchina davanti allo stabilimento è venuta a galla la pluriennale menzogna della perfida lady... Tutto sommato nei suoi dileggi c'era una buona dose di purissima verità: nelle vicinanze dello stabilimento Relejnyj, prima della rivoluzione, esisteva un saponificio di proprietà del mercante Vasilij Koleotterov, originario, come è noto, di una famiglia di commercianti piccolo borghesi di Porchov e divenuto famoso in tutta la Russia per il suo celebre tabacco odoroso marca Koleotterov, nonché per il non meno celebre sapone marca Koleotterov (simile al marmo nero con venature azzurre). Sulle confezioni di sapone era stampato il marchio di fabbrica: un grosso coleottero nero conosciuto nell'intera Russia. Che fine ha fatto tutto questo? A chi mai può aver dato fastidio? Il busto commemorativo di Koleotterov sull'ex corso Koleotterov (divenuto oggi "corso XXV ottobre") è stato rimosso nel 1918 e al suo posto è stato posato un modesto monumento al grande condottiero russo Dmitrij Jaroslavič Nevskij-Donskij. Cosa ci faccia lì, Dio solo lo sa. Molto meglio sarebbe stato perpetuare la memoria del grande principe Ivan III sullo sfondo di un cammello con le spine dell'haloxylon infilate tra i denti.

Il custode all'entrata della fabbrica mi ha raccontato che nel nome Porta Nera non c'è nulla di misterioso, come nulla di misterioso c'è nel nome di un'altra bottega nota ai porchovesi amanti del bere, la Testa di Cane. Porta Nera è una semplice rivendita di vini e acque (negozio di alimentari n. 16) la cui porta di ferro nera (una vera novità in epoca sovietica) è stata fabbricata proprio in quello stesso stabilimento perché di notte la bottega non venisse svaligiata. Era il punto vendita di alcol più vicino allo stabilimento e in epoca sovie-

tica, due volte al mese, vale a dire nei giorni di paga e anticipo, si schieravano moltitudini di mogli e fidanzate, con bebè frignanti al seguito, a formare un muro invalicabile nel tentativo di sbarrare il passo agli operai che dai cancelli dello stabilimento si dirigevano incolonnati alla Porta Nera. E lì si assisteva spesso a scene simili per atmosfera al quadro del pittore realista "ambulante" Makovskij *Da qui non si passa!* Ma gli eroi del lavoro che riuscivano comunque a varcare la pesante porta nera della bottega, sparivano per giorni e giorni senza lasciare traccia. Sorprendente è anche il fatto che, a detta delle mogli e dei membri delle squadre di volontari impegnati nella ricerca, non si riusciva a trovarli né all'interno della bottega né nel locale adibito a magazzino né nel retro.

Quando gli uomini, smagriti e con la barba di giorni, tornavano poi a casa (senza un soldo, ovviamente), non ricordavano nulla di quanto accaduto oltre la pesante porta nera e non facevano altro che piangere e gemere nel sonno. Circolava voce che la bottega fosse collegata tramite un tunnel sotterraneo alla fortezza di Porchov, attualmente disabitata. Un cunicolo probabilmente antico, risalente al XII secolo. Secondo le voci, il gestore della bottega, un astuto gregoriano, lo aveva scoperto per caso piantando un chiodo in una parete del seminterrato. In fondo, l'esistenza di una galleria sotterranea segreta che dalla fortezza conduce all'esterno delle mura difensive non ha nulla di così sorprendente. Esplorando il passaggio, tra teschi e catene arrugginite il gestore aveva trovato una struttura somigliante a un arco di metallo, vale a dire, un vero e proprio portale spazio-temporale: attraversandolo, ci si sarebbe ritrovati in un solo istante fuori dalle antiche mura fortificate e contemporaneamente in uno spazio sacro, una sorta di "campo dei miracoli". E lì, come potete immaginare, erano finiti ammassati i veri ubriaconi della città di Porchov, come ricompensa per il gregoriano. Curiosamente quando la polizia e i familiari – uditi oltre le mura della fortezza chiusa dall'interno gli schiamazzi di padri e mariti, nonché inspiegabili anche se inequivocabilmente licenziosi lamenti di femmina – servendosi di una scala dei pompieri avevano superato le alte mura fortificate (erano cinquecento anni che la cittadella non veniva espugnata dai nemici), nel cortile interno, vuoto e ricoperto di erbacce, non avevano trovato nessuno, ma avevano notato un impalpabile fumo azzurrognolo aleggiare sul praticello e fiutato un odore di maialino arrosto indescrivibilmente delizioso.

In seguito, alcuni esperti di decrittazione dell'alfabeto runico avanzarono l'ipotesi che la fortezza, originariamente eretta dai vichinghi, potesse contenere al suo interno la sontuosa sala del Valhalla, raggiungibile dalla bottega percorrendo proprio il passaggio sotterraneo e varcando il portale (situato in un meandro spazio-temporale). Il femmineo lamento apparteneva molto probabilmente alle Valchirie che avvelenavano (e nel contempo derubavano) gli ospiti facendogli bere un infuso di erba della dimenticanza. Anche la natura dell'odorino fu presto svelata: agli ospiti del Valhalla, secondo l'epos scandinavo, veniva offerta carne di cinghiale magico che si distingueva, oltre che per il divino sapore, anche per il fatto che, nonostante fosse stato già mangiato, il giorno successivo era di nuovo vivo e vegeto e grugnente nel porcile, pronto per il mattatoio.

Gli espugnatori che avevano preso parte all'assalto della fortezza iniziarono ad avvertire una fame insolita, quasi ferina. Uno di loro mi ha raccontato che subito dopo la presa del bastione si erano precipitati a casa come fulmini a mangiare, o meglio a strafogarsi di tutto il mangiabile. L'eroica impresa avveniva in epoca sovietica, quando di carne non c'era neanche l'ombra e per lungo tempo quella gente non riuscì a chiudere occhio a causa dell'ammaliante odorino che aveva impregnato capelli e indumenti. Tale era l'effetto del mistico potere ctonio del cinghiale, simbolo del principio carnale, terreno ma vitale, opposto agli ideali del comunismo, non vitali ed estranei ai reali desideri dell'uomo. Più tardi quel meraviglioso odorino di cinghiale magico arrosto divenne la causa principale dell'impetuoso sviluppo della suinicoltura nel vicino sovchoz Šelon'skoe e adesso, in tutto lo pskovese, non esiste salame migliore di quello prodotto dallo stabilimento di insaccati Šelon'skij. *En passant* aggiungo che il proprietario è il figlio dello stesso gestore gregoriano della bottega che aveva involontariamente spalancato le sacre porte chiamate tra la gente più semplicemente "Porta Nera". Nei dintorni della bottega accadono ancora cose insolite. Nella sezione "Cronache del giorno" del quotidiano locale è stato pubblicato un trafiletto: "Sul marciapiede antistante la bottega di alimentari n. 16 è stato trovato, riverso a terra, il cittadino V.G. Angel, disoccupato, anno di nascita sconosciuto, senzatetto e muto. È stato rimesso in piedi, fatto rinvenire, multato di trecento rubli e rilasciato."

In lontananza, sul lato sinistro della strada, si scorge una gigantesca stazione per il pompaggio dell'acqua. Il 25 agosto 2004 lo stesso "Corriere di Porchov" ha pubblicato un articolo su un episodio avvenuto proprio in quella stazione. Titolo: IN SU È PIÙ FACILE CHE IN GIÙ. L'articolo recitava: "Tre abitanti del posto hanno trascorso circa tre giorni sulla sommità di un serbatoio piezometrico. Uno di loro si era arrampicato fin lassù in stato di forte ubriachezza con l'intenzione di suicidarsi lanciandosi direttamente sulla casa dell'odiata suocera; gli altri due, poco meno ubriachi ma veri amici, lo avevano seguito sulla struttura per scongiurare la disgrazia. E ci sono riusciti: hanno fermato in tempo l'amico disperato legandolo, ma poi non sono più stati in grado di scendere a terra, né con lui né da soli: la torre è troppo alta, quasi 50 metri. La scala in dotazione della squadra della Protezione civile giunta in soccorso era lunga solamente 30 metri ed è stato quindi necessario attendere tre giorni perché da Pietroburgo fosse portata una speciale gru di altezza adeguata con la quale si è poi riusciti a riportare a terra i tre poveri disgraziati. Durante il periodo di permanenza forzata in cima alla torretta, i tre amici hanno ricevuto viveri e bevande con l'ausilio di una catapulta costruita da un bravissimo artigiano membro del circolo I paladini di Dovmontov: i proiettili contenenti viveri e bottiglie d'acqua in plastica sono però riusciti ad atterrare in sicurezza solo il terzo giorno perché fino a quel momento soffiava un forte vento e i lanciatori[18] non avevano grande esperienza. In seguito all'operazione di salvataggio, compiuta sotto gli occhi dell'intera Porchov accorsa ai piedi della torretta, i tre si sono visti presentare un conto di cinquemila rubli che dovranno versare all'erario in ottantasette anni sotto forma di trattenute sullo stipendio." Aggiungo che secondo quanto ho sentito dire in giro, due degli sfortunati, smaltita l'inin-

18 Vedi nota 3.

terrotta sbornia ventennale, sfiorata l'immensità del cielo e osservata da vicino l'infinita volta stellata, si sono dati ben presto alla peregrinazione nei luoghi sacri, appendendo definitivamente boccale – e famiglia – al chiodo.

CAPITOLO 9. KARAČUNICY

Luogo anticamente abitato dai Brevi, popolo di bassa statura sulla cui estinzione ancora non si è fatta chiarezza. Si ipotizza che i Brevi fossero un gruppo separatosi dal popolo dei megaliti per sfuggire all'avanzata delle tribù ugrofinniche, trovando rifugio negli impenetrabili boschi di Porchov. Secondo la leggenda i Brevi si distinguevano per la statura estremamente bassa (meno di un metro: da qui il nomignolo di "Brevi") di origine genetica nonché legata all'eccessivo apporto proteico nella loro alimentazione (si nutrivano principalmente di insetti e vermi). I Brevi vivevano in grossi carri ricoperti da un tendone. In epoca successiva l'intera tribù emigrò in Africa in groppa a cicogne grigie e non si esclude possano essere proprio loro gli antenati dei moderni Pigmei dell'Africa Centrale. La scienza rifiuta risolutamente e integralmente l'ipotesi avanzata dal famigerato cronologo Fomenko secondo cui il re dei Franchi, Pipino il Breve, e il re polacco riunificatore della Polonia, Ladislao il Breve, fossero entrambi discendenti della tribù dei Brevi. L'opinione della maggioranza degli storici è unanime e si fonda sul generale sviluppo delle conoscenze storiche: una cosa del genere non avrebbe mai potuto essere perché non avrebbe mai potuto essere. Sconfessato l'impudente, procediamo.

I reperti rinvenuti da archeologi dilettanti sia in fosse funerarie che in discariche suscitano non poche perplessità anche tra gli specialisti più autorevoli, in particolar modo le rarissime ceramiche "premi e allunga": una grande quantità di pentole con manici a forma di pigna (tipiche della civiltà centro-africana degli Nyam-Nyam), decorazioni a motivi bitorzoluti, frammenti di uova di struzzo dipinte e infine anche cauri, conchiglie utilizzate come moneta in alcune zone tropicali. La scoperta più sorprendente degli archeologi, però, rimane il ritrovamento di un incredibile numero di zucche svuotate e usate ancora oggi dalle popolazioni africane come contenitori per acqua e bevande alcoliche. Sono state rinvenute così tante zucche di forma varia con all'interno tracce di distillato di maracuja che la loro elevata concentrazione ha riportato alla memoria le montagne di bottiglie di vino sull'isola di Sachalin. Come molti sapranno, anche in epoca sovietica, quando vigeva la legge fondamentale dell'economia secondo la quale "in economia bisogna fare economia", riportare in Russia dall'isola bottiglie di vodka e birra vuote non era granché redditizio e pertanto il detto "bottiglia restituita, sbornia smaltita", con grande sorpresa di tutto il paese, era assolutamente sconosciuto agli abitanti di Sachalin e ogni volta era necessario ricominciare a spiegar loro tutto da capo, quasi fossero una manica di senzadio stranieri e astemi.

È curioso che la passione per l'alcol si sia radicata tanto profondamente nella nostra mentalità da mantenere viva nel XX secolo un'articolata gamma di espressioni folcloristiche che fanno riferimento ai vari gradi di alcolismo "professionale": magari vi sarà capitato di sentir dire che i pompieri bevono fino ad avere il fumo negli occhi, i calzolai fino a stendersi come una suola, i pretini fino a farsi benedire, i falegnami tanto da sposarsi una persiana, i cacciatori fino a perdere colpi, i filosofi fino a perdere coscienza, e persino gli infermieri bevono fino a sbarellare. E se ne possono scoprire molte altre sfogliando le pagine di testi specializzati: un direttore di zoo beve fino a prendersi una scimmia, il marinaio tanto da perdere la bussola, il sarto il filo del discorso, il mu-

sicista fino a ritrovarsi suonato, il principe fino a perdere la corona, il venditore di stoffe fino a non avere più sete, l'oste fino a vendere fischi per fiaschi, il fornaio fino a impastarsi la lingua, il boia fino a non saper più come ammazzare il tempo, il fantino fino a perdere le staffe e via dicendo. Buona parte di un piccolo manuale di conversazione russo-giapponese a uso dei marinai è dedicato proprio all'argomento: Otsugi shimashouka? *(Le verso da bere?),* Sukoshi dakeni shite kudasai *(Giusto per gradire),* Kanpai shimase! *(Su, beviamo!),* Goshujin no tame ni! *(Alla salute del padrone di casa!),* Watashi osakewa nomemasen *(Io non bevo),* Isha ni tomerarete imasu *(Io non posso, me l'ha proibito il medico),* Mou yotte imasu *(Per me basta) e via dicendo...*

I ritrovamenti nell'antica capitale dei Brevi hanno permesso agli scienziati di ipotizzare l'esistenza di contatti attivi tra la cultura di Karačunicy e il tradizionale stile di vita delle popolazioni dell'Africa Centrale già prima che i Brevi prendessero il volo. Approfittando probabilmente degli annuali flussi migratori delle cicogne alcuni emissari dei Brevi avevano effettuato voli in Africa, andata e ritorno, per piccoli scambi commerciali, avviando così nella regione di Pskov una fornitura ininterrotta di ornamenti, conchiglie cauri e, soprattutto, di zucche svuotate e riempite di quel distillato di maracuja che per chissà quale motivo i Brevi avevano iniziato ad amare tanto. In sostanza è verosimile che i Brevi fossero saliti in groppa alle cicogne e fossero volati in Africa proprio perché desiderosi di arrivare alla fonte stessa della magica vodka alla maracuja. Le cose, però, non furono così semplici. Di lì a poco, all'interno della tribù si crearono attriti: forse un gruppo di Brevi voleva fare ritorno nella fresca Patria, che però non stava proprio dietro l'angolo. Nel folclore dei moderni Pigmei si sono conservati numerosi miti sull'ancestrale inimicizia tra Pigmei e cicogne. Una leggenda racconta confusamente di come le cicogne, dopo aver condotto i Brevi in Africa

Centrale in autunno, si fossero categoricamente rifiutate di ricondurli a Pskov la primavera successiva a causa, sembrerebbe, dell'eccessivo peso dei bagagli (i Brevi, come è comprensibile, si erano caricati a più non posso di zucche colme di vodka alla maracuja). In poche parole, con questo ridicolo pretesto le cicogne lasciarono a piedi i Brevi facendo così scoppiare l'antica inimicizia. E così la nostra tribù pskovese fu costretta a rimanere in Africa e lì, sotto il sole dei Tropici, dall'oggi al domani, divenne scura di pelle, crebbe ancora un pochino in altezza nutrendosi di piante e si trasformò nei Pigmei che conosciamo tutti, i quali, tra l'altro, sono comunque notevolmente più chiari delle altre etnie africane.

Nelle vicinanze di Karačunicy si trova la proprietà di Krasnyj Bor, la Pineta Rossa, casa natia dell'ultima *protegée* dell'imperatore Paolo I di Russia, Anna Petrovna Lopuchina. E proprio da lì la donna partì alla volta di Mosca per partecipare all'incoronazione di Paolo, spostandosi poi a Pietroburgo dove il sovrano – come pudicamente scrive lo storico di palazzo Michajlovskij – era solito "distrarsi da impegni e preoccupazioni con la di lei compagnia". Si ritiene che i muri del castello Michajlovskij siano stati dipinti del colore del corpo della donna: personalmente mi permetto di pensare al colore del suo sedere sebbene la maggioranza degli storici, solo ed esclusivamente in virtù della bigotteria tipica della professione, parli dei guanti che, in occasione di un ballo, il sovrano avrebbe ottenuto da Anna dopo ripetute istanze giacché, innamoratosi del loro colore, aveva deciso di farne dipingere i muri del castello. La sola idea che a un ballo il monarca, nonché Imperatore nonché Gran Maestro dell'Ordine di Malta, abbia implorato un paio di guanti da una dama per la scelta della tinta di un'opera architettonica appare quantomeno strana e in contraddizione con l'etichetta e la pratica edile dell'epoca. In poche parole, questi famigerati "guanti" sono stati tirati in ballo dalla poco fantasiosa storiografia sovietica basandosi sull'interpretazione di una sola e unica frase scoperta nella notifica di un inviato sassone: "...Il palazzo aveva il nome dell'arcangelo Michele e il colore dell'amante." Mi si conceda allora una domanda: "Ma cosa c'entrano in tutto questo i guanti?" A quale altro "colore dell'amante" avrebbe potuto riferirsi l'informante se non a quello del corpo? Parliamoci chiaro: non devo certo illuminarvi io sui metodi di alterazione della verità in nome del falso moralismo. A mo' di esempio basti ricordare che nel *Naso* di Gogol', come sappiamo, non un naso finì cotto in una pagnotta dal geloso fornaio pietroburghese, iniziando poi ad andarsene in giro per i viali di Pietroburgo, bensì tutt'altra appendice del corpo del maggiore Kovalev. Io questi individui li incontro ancora oggi per le strade cittadine e li vedo come se ne vanno lesti lesti sulle Volvo ai loro vari dipartimenti. Come ebbe a scrivere qualcuno due secoli or sono: "Che non ci impediscano, però, di ammirare la perfezione dell'arte con il pretesto di una casta pudicizia."

CAPITOLO 10. ČËRNOREČ'E

Subito fuori Porchov si estendono vasti boschi di pini famosi per i funghi. Gli uomini di Porchov amano molto andare per quei luoghi dove trovano doni del bosco non solo nei mesi estivi, ma sorprendentemente anche ad aprile e maggio e talvolta persino in novembre. Percorrendo la provinciale in macchina sotto neve e pioggia può capitare di scorgere, tra i tronchi d'albero, figure maschili tutte concentrate a passeggiare con un bastone in mano. Sembra che tanto tempo fa si sia verificato anche in quel luogo un episodio ai limiti dell'incredibile. Accadde infatti che un uomo dell'antica Porchov di nome Nežko Prožnevec garbasse particolarmente a un'orribile strega del paesino di Strašnica sulle rive del fiume Šelon' (su quell'incanto di donna è stata anche scritta una pièce teatrale messa in scena dal teatro Sovremennik intitolata *Di notte giungeva in volo*). Più volte l'uomo fece visita alla strega nottetempo e lei, compiuta la sua mistica missione, diede fuoco alla casa e a cavallo di una scopa s'involò verso la sua demoniaca base tra i natii Monti Carpazi. Al momento del commiato, la fattucchiera regalò a Nežko una boccettina, un piccolo recipiente di vetro verde scuro a forma di calice (oggi di questi alambicchi se ne producono parecchi e di varie forme: recentemente è stata anche messa in commercio una bottiglia per cognac da tre litri, a forma di sommergibile atomico di ultima generazione, che ha suscitato l'interesse di speciali sezioni della flotta della Marina perché riproduceva esattamente la sagoma delle navi di progettazione top secret del consorzio Almaz). Superfluo dire che quella di Nežko non era una semplice boccettina, ma una boccettina inesauribile, interminabile: bevi che ti ribevi il contenuto non finiva mai. La stregaccia la designò con un nome mai sentito prima, inesistente nella nostra lingua: Graal o qualcosa del genere. Per lungo tempo Nežko custodì il suo tesoruccio come la pupilla dei propri occhi, senza mai affidarlo ad alcuno, anche se con gli amici – questo gli va riconosciuto – ne condivise sempre il contenuto. Nonostante fosse per natura persona trasandata, Nežko trattava comunque il recipiente con estrema cura: lo puliva regolarmente e lo trasportava dentro un calzino di lana per non correre il rischio di farlo cadere e romperlo. Usare la boccettina, poi, era un gioco da ragazzi: bastava riempirla con un po' d'acqua di una qualsiasi pozzanghera e pazientare un pochino. All'apparire di alcune lettere runiche sulle pareti, il recipiente era pronto per essere utilizzato. Un solo difetto aveva la cocchina: il grado alcolico aumentava molto lentamente e a volte era necessario attendere anche un paio d'ore prima di poterne bere il contenuto... E la cosa non dovrebbe stupire: del resto chi mai poteva sapere quale quantità di alcol dovesse assorbire uno strumento magico dall'acqua e dall'aria prima di raggiungere adeguata gradazione alcolica?! E proprio quest'imperfezione fu motivo di tragedia.

Un giorno Nežko prese con sé il Graal e andò nel bosco a raccogliere funghi, ma non appena si fu inoltrato nel folto della macchia ne bevve un sorso senza starci tanto a pensare. Dopodiché riempì d'acqua la boccettina in un laghetto e la nascose sotto un cespuglio: "Mentre tu, cocchina mia, ti 'ricrei', io mi faccio un giro per funghetti." E si diede, Nežko, alla ricerca di porcini – che quell'anno spuntavano veramente come funghi, ovunque e copiosi – perdendo però di vista il punto in cui aveva nascosto il Graal... cosa che, si sa, "capita spesso alla gente che va per boschi". Da quel giorno – e sono passati ben ottocento anni – lo spirito di Nežko non ha mai smesso di vagare per il bosco, smuovendo con un bastoncino le foglie cadute, facendo frusciare i cespugli e sospirando addolorato, personificazione di un inconsolabile Agamennone. Come ebbero a scrivere in un *lubok*, una stampa popolare del XVIII secolo, su un caso simile: "Pianto disperato, tormento sconfortato, dolore sconsolato."

Più volte i contadini di Porchov hanno visto lo spirito di Nežko aggirarsi per il bosco, mettendosi poi in cerca essi stessi, soprattutto in epoca sovietica quando la lotta alla produzione casalinga di vodka in URSS raggiunse un'assurda apoteosi e un povero disgraziato avrebbe avuto difficoltà a trovare anche una sola goccia di acqua di Colonia. E i contadini iniziarono anche a raccoglier funghi: a che pro infatti perder tempo inutilmente. D'altronde è risaputo che i funghi sono ottimi stuzzichini e nei boschi di pini se ne trovano a bizzeffe. Adesso, ringraziando il cielo, i tempi sono decisamente migliorati e non c'è bottega o negozio di Porchov che non venda una qualsiasi vodka di marca oltre a bottiglie decorate con l'immagine del "Graal di Porchov" e il profilo del famoso Nežko sullo sfondo di un bosco di pini. Attenzione però: una volta scolato l'alcol, non aspettatevi che la bottiglia si riempia di nuovo. I tempi sono cambiati, appunto.

CAPITOLO II. LOGOVINO

Un tempo Logovino era proprietà di un ricco possidente. Poi, in epoca sovietica, è diventato un sovchoz periferico, tipicamente sovietico, con le caratteristiche palazzine scrostate, un'imponente casa della cultura, una bacheca, oggi vuota e scolorita, con i nomi dei "migliori lavoratori del nostro sovchoz" e varie altre rubriche

tipo "la migliore mungitura... la migliore figliatura bovina... la migliore resa di trebbiatura... la migliore figliatura suina... la migliore figliatura ovina... la migliore figliatura equina". Negli ultimi anni Logovino si è inaspettatamente arricchita di due cappelle, allestite all'interno di edifici in mattoni, ottime opere in muratura di un tempo che fu ma ormai abbandonate da decenni e condannate alla fatiscenza. Le due cappelle non hanno nulla di particolare giacché dentro tutto è stato fatto in fretta e furia: spoglio l'arredo, poche le icone. Probabilmente è così che nell'antica Rus' venivano riportate all'antico splendore le chiese dopo le invasioni mongole e tartare. Nel caso in questione, però, è capitato un episodio tipico della nostra epoca di neofiti che vede la famigerata "strada per il tempio" affollata di cretini. Si racconta che un giorno dalla cappella fu prelevato un giovane parrocchiano, trattorista, per essere portato a Porchov e poi a Pietroburgo con un gravissimo trauma cranico. Dopo aver vissuto fino a quel momento nella totale dissolutezza, il giovane era rimasto talmente spaventato dalle profezie di una donna da presentarsi un giorno, ubriaco ma peccatore pentito, al tempio. Si era inginocchiato e aveva iniziato a pregare perché i suoi innumerevoli peccati fossero rimessi, abbassando quella sua testa balzana sino a terra con tale ardore che, giacché il troppo stroppia, aveva finito per fracassarselo accidentalmente contro il pavimento della cappella, rappresentazione perfetta di un noto proverbio russo per cui se fai prostrare in preghiera un cretino, questi finirà col rompersi la testa. Secondo le testimonianze dei familiari del neofanatico, durante la lunga degenza nell'Istituto di neurologia dell'Accademia russa delle scienze, l'uomo aveva iniziato improvvisamente a esprimersi in una lingua sconosciuta. I medici non avevano impiegato molto a capire che quella lingua era latino e gli esperti di filologia dell'università consultati erano rimasti con un palmo di naso: l'operatore meccanico di Logovino, ottuso e ignorante, più ignorante di una capra, a malapena in grado di parlare in russo senza tirare bestemmie, all'improvviso si era messo a citare interi brani di Cicerone: i dialoghi *De senectute*, *De amicitia* e il trattato *De legibus*. Nei circoli capeggiati dall'accademica Bechteeva – persa ormai definitivamente nella mistica – qualcuno si era addirittura spinto a ipotizzare una reincarnazione del grande oratore e statista della Roma antica e a speculare sui numerosi fenomenali effetti che un tale avvenimento avrebbe potuto avere nella vita politica di un paese in cui, come si sa, il miglior oratore era Žirik-Žirinovskij. La questione della reincarnazione di Cicerone e del suo eventuale ingresso nell'*establishment* politico della Russia decadde automaticamente allorché l'uomo, nativo di Volyš, tornò in sé, si scelse il nome d'arte di Žiznomir Sopša, fondò a Pietroburgo una società chiamata "Il Picchio d'oro di Žiznomir" e iniziò a insegnarvi retorica e dialettica. Gli annunci pubblicitari di Žiznomir adesso si trovano sulle pagine di tutti i quotidiani: l'ex trattorista offre ai propri clienti "corsi di training per l'apprendimento, dal vero e unico maestro di psicotecnica, con autorizzazione statale n. 1660, dell'arte della persuasione e la psicologia della fiducia e del successo nella comunicazione, il pensiero creativo, la valorizzazione della propria ricchezza interiore, l'arte dell'eloquenza, del dibattito, oltre a beneficiare di nuove e vive energie solo conversando con Žiznomir. Venite alla sua scuola, portando un asciugamano e un chilogrammo di fave di soia, e ogni vostro sogno diventerà realtà." Negli ultimi tempi, tuttavia, i tutori dell'ordine pubblico hanno notato che nella zona in cui ha sede il Picchio d'oro, si sono verificati sempre più frequentemente casi di strani traumi cranici con i quali, evidentemente, il mendace Cicerone apre le sessioni del famigerato training. L'uso dell'asciugamano e soprattutto delle fave di soia continua a rimanere uno dei misteri del neonato ordine.

CAPITOLO 12. MAKSAKOV BOR

Qui è ubicato il cosiddetto "allevamento equino n. 18 di Pskov". Di cavalli, però, sugli estesi pascoli circostanti, non se ne vede neanche l'ombra: tutto è vuoto, rovina, distruzione. Tuttavia non passano inosservate le eccellenti reti metalliche dei recinti dei villaggi limitrofi, reti, tra l'altro, assolutamente identiche: inequivocabile testimonianza della massiccia appropriazione indebita di beni pubblici da parte della popolazione locale.

Una volta, negli anni '80 del '900, mentre andavamo da Pietroburgo a Mosca, passando da queste parti mi sono detto che poco distante dal paesino che attraversavamo doveva sicuramente esserci un'officina per la manutenzione degli autobus ungheresi di marca Ikarus, che a quel tempo riempivano le città con i loro goffi corpi gialli. Lungo la strada, ogni casa, baracca, latrina, serra, giardinetto, recinto, cuccia di cane, pilastro, casetta per uccelli e serbatoio d'acqua era dipinto della stessa tonalità di giallo scuro (giallo diarrea di poppante). Sembravamo tutti vittime di una strana illusione ottica, di una spaventosa allucinazione collettiva, quasi fosse accaduto qualcosa di orribile: solo il cielo azzurro sopra il paesino ci confermò che tutto era a posto e che, come del resto avevo immaginato, ai margini del villaggio c'era effettivamente un'officina per la manutenzione degli autobus, dalla quale gli abitanti avevano preso in prestito la vernice gialla.

Queste recinzioni di inossidabile rete olandese hanno una storia tutta loro. Per molti anni l'allevamento equino n. 18 è servito solo da "copertura". In epoca sovietica, infatti, proprio qui era stato avviato un allevamento selettivo top secret di una particolare razza di cavalli nata casualmente dopo alcune sperimentazioni su armi nucleari condotte nel poligono di Semipalatinsk tra il 1940 e il 1950. A seguito della mutazione del famoso cavallino di Prževal'skij vennero al mondo creature somiglianti ai cavallini gobbi delle favole di Eršov, in grado di volare a una velocità prossima ai 100 km orari, raggiungendo quote di quasi 1000 metri di altitudine (e, con speciali bombole a ossigeno, persino i 5 km !), nonché capaci di trasportare per decine e decine di chilometri carichi di 40 kg.

Sotto la copertura dello stabilimento equino n. 18 venne aperta una struttura segreta del KGB, denominata "Pskov 21", che si occupava dell'allevamento e selezione di una nuova razza senza precedenti, effettuando incroci tra cavallini, aquile di mare peruviane e pony della Malesia. Sempre nella stessa zona, in una base dei reparti speciali, venivano addestrati i fantini reclutati presso le tribù pigmee con la collaborazione del partito comunista sudafricano. Tra di loro c'erano anche oriundi delle tribù indigene delle isole Andamane (reclutati, in quel caso, attraverso il PC leninista del Ban-

gladesh, paese amico).[19] Questi uomini venivano invitati in URSS a spese dello Stato apparentemente per motivi di studio presso l'Università dell'amicizia tra i popoli "P. Lumumba", mentre in realtà seguivano l'addestramento per diventare fantini-sabotatori e operatori. Contemporaneamente (per non attirare l'attenzione sul progetto top secret) gli organi del KGB utilizzarono ogni mezzo per bloccare la messa in onda di un famoso cartone animato degli anni '50, *Pierino il cretino e il cavallino gobbettino*, all'interno della popolarissima trasmissione televisiva di V. Leont'eva *A casa delle favole*. Successivamente, per la stessa ragione, il regista Maslennikov ebbe grande difficoltà a mandare in onda sul canale televisivo nazionale il film di Sherlock Holmes *Il segno dei quattro*, il cui protagonista era un minuscolo selvaggio delle isole Andamane.

19 Negli anni '90 del '900, negli archivi del Comitato centrale del PCUS furono scoperti alcuni documenti riguardanti il finanziamento da parte dell'URSS a molti partiti comunisti stranieri, tra i quali era menzionato anche il partito comunista (leninista) del Bangladesh. Si trattava dell'unico partito comunista regolare del Bangladesh, a differenza degli altri due che invece non erano regolari: quello trockista (maoista) e quello di destra (revisionista) i quali, naturalmente, non ricevevano soldi da noi, pur chiedendone in continuazione.

All'inizio degli anni '90 del '900 gli scienziati riuscirono a selezionare un animale da sella e da soma straordinariamente resistente alla fatica, silenzioso, affettuoso e ubbidiente (denominato "articolo PP": Pegasus Parvus), in grado di coprire enormi distanze volando alla stessa quota dei missili da crociera, talmente in alto da risultare invisibile a qualsiasi radar di ultima generazione. Tra le altre cose, i cavallini dimostravano eccezionali caratteristiche di docilità e intelligenza. I collaboratori del progetto raccontano la commovente storia di un cavallino soprannominato Filipp-12 che una notte con un tempo da lupi decise di sua iniziativa di portare all'ospedale di Velikie Buki, la figlia di appena un anno di una collaboratrice dell'istituto in peritonite purulenta: il cavallino lasciò la bimba in accettazione con un biglietto che indicava la malattia risparmiandole così la morte certa. In seguito la bimba è diventata una cosmonauta (nome in codice: 63) nonché deputato della Duma. È possibile che proprio in quell'occasione il cielo, come si suol dire, l'avesse chiamata irresistibilmente a sé.

Per la realizzazione dell'"articolo PP" la direzione dell'istituto fu insignita più volte di uno speciale premio statale top secret consistente in una medaglia d'oro con il profilo del Capo Supremo e un numero di serie che il decorato poteva portare esclusivamente nel taschino interno sinistro della giacca. Il direttore (il cui nome rimane ancora oggi sconosciuto) fu insignito del titolo onorifico di "Primo Allevatore Segreto del KGB" e di altri distintivi, bande verdi cucite dentro i calzoni a sbuffo d'ordinanza. Durante la crisi caraibica, i dirigenti del KGB suggerirono a Chruščëv di rimpiazzare i missili a testata nucleare ritirati da Cuba con uno squadrone di cavallini con cariche atomiche sulla groppa, anche se all'epoca lo schema di dislocazione di queste bombe atomiche viventi nelle principali città degli USA non era stato ancora elaborato in via definitiva. Poi però i burocrati del centro militare di ricerche spaziali dissero per sempre addio alla straordinaria idea. Sarebbe imperdonabile trascurare la saggezza popolare depositata nel racconto del cavallino gobbo che accorse sempre in aiuto del suo Pierino il Cretino in situazioni apparentemente senza via di uscita.

In passato quegli stessi burocrati avevano affossato l'idea d'oro di contrapporre al tanto incensato sistema americano di "Guerre Stellari" le navicelle spaziali da trasporto Sojuz-TM cariche di tonnellate di ceppi di comune pioppo tremolo che avrebbero messo in salvo l'idea socialista e tutto il paese dei Soviet. Gli esperti di know-how affermarono che, una volta lanciati nello spazio aperto, i ceppi si sarebbero sparpagliati per gli sconfinati spazi cosmici deviando dalla loro traiettoria i satelliti antimissile USA e mettendo fuori uso i satelliti di puntamento, ridicolizzando così la celebrata scienza americana in tutto il mondo noto e ignoto. E poi di quei ceppi il nostro paese era strapieno, come lo è di neve in inverno. In tal modo si sarebbe concretizzata la possibilità di sal-

vare dalla disgregazione l'Unione Sovietica per la quale, come si sa, la corsa agli armamenti contro l'America era stata un vero e proprio strapazzo e aveva avviato la perestrojka che, a sua volta, aveva assestato il colpo di grazia al socialismo e all'URSS stessa.

Naturalmente la gente del posto non aveva mai neanche lontanamente sospettato dell'esistenza del reparto segreto P-1 e ogni eventuale curioso sarebbe stato immediatamente "traslocato" dagli "organi" nei territori della Siberia e nelle propaggini più orientali del paese non ancora sfruttate. I cavallini venivano abilmente camuffati da puledri di comuni razze equine e pascolavano sotto una rete che ricopriva l'intera area di pascolo. E quando poi la *Sojuz* è stramazzata (*Sojuz* nel senso di Unione delle Repubbliche Socialiste Sovietiche, non la navicella) i finanziamenti sono cessati, gli abitanti del paesino hanno smontato tutte le reti di eccellente fattura e se le sono portate via per ricavarne recinzioni private, mentre i cavallini hanno preso il volo disperdendosi su tutto il pianeta. È probabile che molti siano morti contro i cavi dell'alta tensione e altrove; ma poco tempo fa ne è stata avvistata una coppia in effusioni amorose in Occidente, oltre confine, in Estonia, sul monte Suur Munamägi, nei pressi della città di Võru. Ciò fa sperare che gli incredibili cavallini possano sopravvivere all'estero, dove regnano i Verdi... Mentre qui la rete di recinzione arrugginisce sempre più...

CAPITOLO 13. LILEEVO

Tanto tempo fa, qui si trovava la casa paterna del poeta Erast Lileev-Strujskij al quale si attribuiscono le parole della famosa romanza *Rami odorosi di grappoli di acacia...* Oggi, dove una volta c'era la tenuta, è rimasto solo un colle ricoperto di fiori di bianca serenella, originale monumento naturale al poeta e pensatore dimenticato. Duecento anni or sono, invece, sul colle sorgeva una villa gialla con bianche colonne e ai suoi piedi il paesino di Lileevka, nel quale vivevano non meno di cinquanta anime censite. Il padre del poeta, Luka Fomič, apparteneva a un antico e ricco casato; la madre, invece, era un'italiana che Luka aveva raccattato di passaggio a Napoli in occasione della spedizione nel Regno di Morea della gloriosa flotta russa, cosa di cui si era poi amaramente pentito sino alla fine dei suoi giorni. La signora Lileeva era donna baffuta e, soprattutto, di indole litigiosa e ordinava continuamente pastasciutta al cuoco italiano con il quale viveva quasi *more uxorio*. Amareggiato, Luka ripeteva sempre che a causa di quel cibo non faceva che pisciarsi addosso olio di oliva.

Lileev senior aveva fama di essere signore severo e capriccioso. E nella calura estiva aveva l'abitudine di starsene al fresco in una grotta speciale a leggere The History of Sir Charles Grandison di Richardson, *pretendendo che il pranzo gli venisse servito lì ancora caldo di fornello. I domestici, allora, si allineavano nel viale alberato che separava le cucine dalla grotta (lungo circa duecento* saženi*) passandosi l'un l'altro il piatto con il cibo come il testimone in una staffetta. Se il polpettone sul desco del padrone non sfrigolava ancora, il primo anello della catena di trasmissione veniva prontamente condotto nelle stalle e poi giù di frustino; chi invece (Dio non volesse!) faceva inavvertitamente scivolare il polpettone fuori dal piatto, veniva spedito a fare il servizio militare. Tali erano i costumi del feudatario. Nella proprietà crescevano rigogliosi filari di vite e peschi ed erano inoltre attive una pinacoteca e una fabbrica di arazzi.*

Lileev iniziò il figlio e i suoi sei fratelli alla scienza e alla poesia già in tenerissima età. In casa c'era una grande biblioteca francese, un microscopio, uno strumento per generare elettricità, un telescopio, una collezione di medaglie e una gran quantità di urne funerarie etrusche, nelle quali i bambini amavano infilarsi quando giocavano a nascondino. La passione paterna per gli esperimenti di fisica, ahimè, non portò a nulla di buono, e il piccolo Erast rimase ben presto orfano di padre. Luka, infatti, aveva letto una volta una storia sulla morte per fulminazione dello scienziato Richman, amico di Lomonosov (il quale per puro caso era rimasto invece illeso avendo lasciato il laboratorio alla vigilia dell'esperimento per incontrare alcuni amici e occuparsi di un altro esperimento con cetrioli in salamoia). Luka, noto per l'abito mentale estremamente critico, non credette a una sola parola di Lomonosov e decise che in occasione del primo temporale avrebbe tentato, con metodi scientifici, di smentire le "intuizioni" dell'eminente *pomor*: ahimè, la smentita, però, non arrivò e a seguito dell'esperimento i figli, invece di un florido papà, si ritrovarono un cadaverino abbrustolito.

All'età di dodici anni Erast Lukič fu iscritto all'Accademia militare per cadetti nobili – rifugio per molti talenti – ma nel giro di appena due anni il ragazzino fu espulso per insufficienza dolosa recidiva. Nella pagella, sottoscritta dal direttore dell'Accademia, si leggeva: "Il cadetto Lileev ha sempre tenuto una cattiva condotta; a ogni provvedimento correttivo adottato, non solamente non risponde con il benché minimo ravvedimento, ma anzi persiste nell'indolenza verso le scienze, nell'immobilismo e nella più perniciosa disposizione mentale, cosa che non dà speranza alcuna di correzione." Oltre a ciò, il giovane Lileev si aggiungeva alla lista dei ragazzini affetti da enuresi cronica. In Accademia, quelli come lui, li chiamavano "pescatori" o "guardie marine" (a titolo informativo, tipico esempio sono le immaginarie guardie marine terrestri del popolarissimo film dell'attrice Svetlana Družinina) e per questo motivo erano perfidamente snobbati. In seguito Erast prestò servizio nella Guardia e rischiò persino di prendere parte ai drammatici avvenimenti dell'11 marzo 1801 nel castello Michajlovskij. Assegnato al reparto del generale von de Pahlen, però, Erast arrivò tardi per la rivoluzione. Il suo domestico Parfen – che la sera prima si era preso una sbronza paurosa festeggiando l'arrivo del nipote recante i tributi da Lileevo – all'ora stabilita per il colpo di Stato di cui tutti erano al corrente non svegliò il padrone, rimasto in piedi fino a notte fonda a scrivere versi. Erast fu additato come codardo e gli fu consigliato di presentare domanda di dimissioni dal servizio. Dal canto suo, Lileev diede la colpa al destino avverso e al suo comandante, principe Jusupov, per non aver inviato un attendente a dare la sveglia al cospiratore assente. Insomma, Erast si dimise con il grado di sottotenente e si congedò dal servizio con i versi del compagno di reparto Aleksandr Krenicyn:

Vivo è il ricordo del letto di servaggio
Vivo è il ricordo dell'uniforme di dolore
E della faccia da selvaggio
Del mio diretto superiore.

Per mettere definitivamente una bella croce su quella fase della sua vita, Erast partì per un viaggio all'estero con l'intenzione di distrarsi. Dopo aver trascorso un po' di tempo in Sassonia e aver familiarizzato con i trionfi dell'agricoltura di quel benedetto paese, Erast fece ritorno in patria mosso dal sincero desiderio di essere d'aiuto alla pratica agricola di Pskov che stava andando in rovina a vista d'occhio. Proprio in quel periodo scrisse alcune righe a un amico agricoltore tedesco: "Tutto cresce poveramente; i contadini ovunque sgobbano e si affliggono sulle proprie infruttuose fatiche, l'imperizia è crassa e c'è un gran bisogno di precetti. Daremo da mangiare agli affamati e un abito per coprirsi a chi ha freddo, ricreeremo la terra, ricopriremo le paludi di rigoglioso riso, scacceremo miseria e afflizione. Indicatemi la via e seguirò con passo deciso il cammino della Vostra Gloria!" Come prima cosa organizzò la pubblicazione del periodico "Bauerfreund" seguendo la stessa linea del "Calendario del contadino" di Jungov. Ne uscirono appena due numeri, ma la rivista piacque ai contadini esclusivamente per la leggerezza della carta sulla quale veniva stampata a Dresda.

In sostanza era proprio su questo che Lileev faceva affidamento quando aveva deciso di intraprendere il coraggioso progetto editoriale. L'entusiasta infatti era dell'avviso che il contadino, appartatosi nell'aia per espletare un bisognino corporale, per non annoiarsi avrebbe dato una letta quantomeno a un paio di consigli pratici di agricoltura sulle pagine della rivista che aveva preso con sé e avrebbe poi apportato migliorie alla propria attività. Lileev però non aveva tenuto presente un piccolissimo dettaglio: i contadini non erano in grado di leggere i caratteri di scrittura gotica, e quando un amministratore tedesco raccolse da terra un foglio di carta con una bella patacca marrone proprio sul nome del sovrano-imperatore pensò bene di denunciare lo stesso Lileev per "oltraggio con atti osceni a Sua Maestà".

Al nostro eroe, però, andò bene perché il delatore non fu in grado di dimostrare che l'oltraggioso atto era stato commesso da Lileev in persona.[20] Il poeta se la cavò con un leggero spavento, ma smise ben presto di pubblicare la prima rivista di agricoltura di Russia e si diede alla lirica. A ogni modo non tutti gli sforzi di Lileev nel campo dell'agricoltura si persero nell'oscuro gorgo della dimenticanza. Il

20 Solo adesso che siamo entrati nell'era dei voli spaziali è possibile, volendo, effettuare una velocissima analisi delle feci anche in un qualsiasi poliambulatorio di provincia, sempre a patto che, ovviamente, lo si faccia con estrema accortezza; sulla porta del laboratorio di analisi del nostro centro di salute, ad esempio, a lettere cubitali è stato scritto: "L'urina va messa in un contenitore aperto, le feci, invece, in uno chiuso! Non vi sbagliate, carogne che non siete altro!"

trattato da lui stesso tradotto *Della distillazione o vinificazione all'inglese*, come era avvenuto con le saghe islandesi o le leggende celtiche, si diffuse per passaparola tra i villici pskovesi, e i linguisti pietroburghesi, con loro grande sorpresa, persino alla fine del XX secolo trovarono traccia dell'applicazione dei precetti in esso illustrati anche nei villaggi più sperduti.

Come la maggior parte degli uomini illuminati, Lileev subiva il fascino del nuovo e dell'inesplorato. Strinse amicizia con il possidente confinante Efim Bucharov che, come riferiva il "Bollettino del governatorato di Pskov" del 1840, fu il primo a introdurre tra le abitudini dei villici pskovesi la patata ("il secondo pane"), oggi tanto amata, e inventò persino le chips. Occupandosi di esperimenti agricoli come Lileev, Bucharov "scoprì per puro caso che se una patata fresca veniva affettata a dischetti sottilissimi e lasciata essiccare al sole o su una stufa si conservava per lungo tempo senza deteriorarsi. Successive osservazioni dimostrarono che un chetverik o un pud di patate crude rendevano ben 11 libbre e mezzo di patatine ben essiccate". Lileev ne diede un dettaglia-

to resoconto sulla rivista "Bauerfreund" ma tali informazioni non divennero mai di pubblico dominio, tanto più che i domestici di Bucharov, esasperati perché costretti a mangiare sempre nient'altro che quelle dannatissime pseudochips, alla fine insorsero e uccisero il loro benefattore costringendolo a ingurgitarne un bel pud. Gli storici delle lotte di classe del feudalesimo hanno denominato l'insurrezione dei contadini di Bucharov "Rivolta delle chips", collocandola cronologicamente nell'epoca delle cosiddette "rivolte della fame" assieme a quella "del sale" (in Russia), "delle pommes de terre" (in Francia), "del tè" a Boston (negli USA), del "caffè" (da qualche parte in America Latina), delle "aringhe" (in Olanda), delle "ostriche" sull'isola di Man e della "soia" (in Cina).

Lileev-Strujskij iniziò a scrivere già in tenera età: la sua prima poesia fu scoperta dagli archeologi, per quanto possa sembrare strano... nel cimitero locale. Su una piccola lapide di marmo di Carrara si era conservato un epitaffio per la morte dell'amato gattino:

> O Fiorellino, i petali tuoi neppur dispiegasti
> Da mezzodì a sera vivesti
> E poi peristi! E l'alba non mirasti.

Lileev cominciò a comporre seriamente negli anni in cui era cadetto in Accademia. In un primo momento le poesie erano dedicate esclusivamente al mare, molto probabilmente per motivi legati alla storia medica della "guardia marina" Lileev. Già allora, comunque, contribuì involontariamente all'arte canzonettistica di epoca sovietica: si devono infatti a lui i versi del famoso motivo sul marinaio che torna a casa in licenza: "Socchiudo appena gli occhi e il mar mi risuona nelle orecchie." Più tardi, nei versi di Lileev all'indocile elemento della natura subentrarono altri temi come la celebrazione dell'amore, del seno femminile, delle gote, delle pastorelle, dei gigli e di Morfeo. Sin dai primi anni, usando lo pseudonimo di Lileev-Strujskij (ma facendosi anche poeticamente chiamare Ippolit Zakatov, alias Ippolito de' Tramontis) pubblicò i propri scritti su varie riviste tra le quali "L'invalido russo", "Il mercurio del nord", e anche "Il conforto dello slavo", "Gazzettino del provinciale" e "Il riposo del laborioso". Degli ottomila componimenti scritti nel corso della sua lunga vita ne diede alle stampe appena cinque. Purtroppo, durante gli anni della rivoluzione, gli enormi tomi (*in folio*) manoscritti e rilegati in pelle di caprone etiope di montagna sparirono: i rozzi contadini analfabeti usarono la pelle delle copertine per cucirsi gli stivali e con le pagine manoscritte fecero sigarette. Alcuni fogli furono trasformati in aquiloni dai figli degli stessi contadini: uno di questi aquiloni si staccò dallo spago marcio e volò sino a Porchov dove, quasi per miracolo (benedetta mano della provvidenza!), cadde ai piedi dell'unico intellettuale della città non ancora fucilato, Jakov Karlovič Johansson. L'uomo raccolse le pagine, le ripulì dalla sporcizia e dalla colla, le trascrisse e successivamente pubblicò a proprie spese una raccolta di poesie di Ippolito de' Tramontis-Strujskij in sei copie, intitolandola: *La solitaria musa delle rive dello Šelon'* (Porchov, 1920). Ecco uno dei componimenti poetici della raccolta:

Cantore splendido, caro al cuor mio,
Usignolo di incantevole beltà!
Dona all'alma mia mesta felicità,
Col tuo aggraziato cinguettio.
Giacché, amico mio, nell'aere libero puoi volar
E non sei chiuso in gabbia alcuna
Perché ti attardi a ringraziar fortuna
E non t'involi da colei che ti vuole amar?
È forse anch'ella in volo dipartita

La tua dolce amica adorata?
Anche a me in sorte è toccata,
Ahimè, trista vita romita...
Eppur, se solo ali avessi
Per breve tempo, più non chiederei,
Dalla mia amata senza indugio m'involerei
Per dir addio alla mestizia, ah se potessi!
E nel di lei abbraccio stretto
per secoli pago dimorerei
E in un solo istante oblierei
Il mondo che la sorte volle gretto.

Gli esperti puškinologi sono divisi in merito a questo capolavoro di Lileev. Johansson è convinto che ne sia autore Lileev, opinione condivisa anche da altri ricercatori; negli ultimi tempi, però, ha preso sempre più piede un'ipotesi decisamente paradossale secondo cui i versi apparterrebbero invece allo stesso Puškin! Alla milleduecentoncinquantunesima conferenza panrussa di studi puškiniani organizzata a Puškinskie Gory, grande clamore ha suscitato la relazione presentata dal professore svedese Ingmar Deriglazov, autore dello studio monografico I contadini e Puškin. *Il relatore ha affermato che padre Gennadij, il priore del monastero di Svjatogorsk incaricato dallo zar di sorvegliare il libertario poeta, era solito far visita alla dimora di Puškin (vedi le memorie di Puškin) anche in assenza del padrone di casa. È noto, infatti, che Puškin non di rado si allontanasse da Michajlovskoe per passeggiare nei campi con il suo bastone metallico oppure per correre, smanioso, dalle ragazze di Trigorskoe passando per la nota stradina delle piogge. Insomma, sembra che padre Gennadij amasse infilare le mani nella pattumiera del poeta e che una volta avesse da lì sottratto il manoscritto stracciato di questo stesso componimento poetico. Molti relatori hanno criticato Deriglazov facendo giustamente notare che la pattumiera*

di casa Puškin poteva contenere non solamente brani delle opere del poeta ma anche scritti di molti suoi compagni di penna, ergo non era escluso che i versucoli potessero essere stati composti dal priore stesso che, sia detto per inciso, non era certo modello di elevata moralità.

Come molti altri proprietari terrieri di Pskov, Lileev conosceva personalmente Puškin. Una volta, mentre entrambi percorrevano la strada Velikie Kuki-Novoržev-Svjatye Gory, gli assi delle rispettive carrozze si erano scontrati e i due poeti, a quattro voci (coadiuvati dai rispettivi cocchieri), si erano messi egregiamente ad altercare: da una parte Lileev, inferocito come una belva, sputava contro il Sole della poesia russa; dall'altra il consigliere titolare Puškin brandiva contro il vecchietto un'arancia acquistata al mercato, dopo aver sparpagliato sul fondo della carrozza per la forte agitazione un grosso cartoccio pieno di quegli stessi frutti esotici. Per poco non arrivarono al duello. Poi, all'improvviso, gli assi delle carrozze si erano sganciati e i cavalli, imbizzarriti dal tafferuglio, avevano diviso per sempre i due poeti senza che avessero avuto la possibilità di godere appieno dello scambio di battute. Siamo venuti a conoscenza di questo episodio da una lettera che Lileev scrisse a P. Karamzina per informarlo, tra le varie notizie locali, con una certa enfasi poetica, del bisticcio avuto nei pressi di Svjatye Gory "con una strana scimmia con le basette che trasportavano assieme a un carico di arance". Da ciò i puškinologi hanno desunto che l'incontro tra i due poeti aveva avuto luogo durante una domenica dell'agosto 1824. La lettera è stata rinvenuta in tempi recenti, ragion per cui Lileev non ha ancora trovato posto nel famoso prontuario *Puškin e il suo entourage* di Lazar Abramovič Čerejskij, accanto alla cameriera Nataša, al proprietario del bistro Pfejffer e alla mercantessa Charlotte-Vilhelmina Pflug. Tra l'altro, secondo alcune fonti, appreso con chi aveva avuto il bisticcio, Puškin decise di invitare il compagno di penna a un incontro riconciliatore. La cosa non ebbe però esito felice: quando il poeta si avvicinò ai cancelli di casa Lileev, una banda di domestici si precipitò fuori per impedire alla carrozza di entrare nel cortile. A quanto sembra il padrone di casa era in pieno pisolino postprandiale e la servitù aveva ricevuto precise istruzioni di non far entrare nessuno, fosse anche stato il sovrano in persona! In caso di mancata ubbidienza a tutti e trenta i domestici sarebbe toccata una violenta fustigazione nella stalla. La minaccia fece sì che i giovani domestici eseguissero con tale zelo il compito di difendere il riposo del padrone che per poco il Sole della poesia russa non pagò la sua intrusione a caro prezzo. In poche parole, Puškin fu costretto a desistere e a ritornarsene a Michajlovskoe assai stizzito.

Inutile dire che, con il caratterino che si ritrovava, con o senza Puškin, a Lileev i nemici di certo non mancavano, e un lirico scaracchio in faccia non lo negava a nessuno:

Miserabili nemici della mia
veridica musa,
Il mio genio non è in grado di
pietrificar le vostre catene.
Angariatemi allor!
Angariatemi con la calunnia,
Stolti! Fiero vado
del vostro disprezzo!

Lileev non trovò mai il tempo di metter su famiglia, sebbene fosse di normale orientamento sessuale e avesse di conseguenza uno stuolo di bimbetti. Capitava spesso che con oboe d'amore e corona d'alloro in mano se ne andasse a passeggiar per prati in compagnia di una ventina di "ninfette", serve della gleba abbigliate alla maniera degli antichi con tuniche semitrasparenti. Una volta lì, si stendeva su un tappeto persiano, attorniato dalle ninfette che, scacciando mosche e tafani, gli danzavano attorno. Il signore, illanguidito, suggeva un sorbetto e dedicava loro attenzioni stringendole a turno a sé:

Su questi prati sempiternamente permarrò
Le ninfe, adagiate, le mie liriche leggeranno...
Del loro dolce rigoglio mi ritemprerò
E le loro amabili carezze per me vivifiche saranno...

Sul finir dei suoi giorni, i figli cresciutelli di Lileev popolavano l'intero villaggio di Novolileevka, nel governatorato di Orenburg, dove il papà possidente, come Aksakov, aveva acquistato terre dai Baschiri. Lileev morì alcuni anni prima che la servitù della gleba fosse abolita. La morte gli risparmiò la rovina più totale. Delle passate ricchezze gli rimaneva solo l'apparecchio elettrico rotto che aveva strappato la vita al padre Luka e i manoscritti delle sue stesse opere, prova tangibile del fatto che i tanti soldi sborsati per farsi inviare dal ras etiope pelle di caprone di montagna non erano andati sprecati. Tutto il resto era servito per saldare i numerosi debiti. Va detto però che quei caproni – come ebbero a dire i contadini che si erano cuciti stivali con le succitate copertine – erano in realtà caproni assolutamente comuni, russi, e puzzavano maledettamente.

Per una fortuita coincidenza, in tempi più recenti, il voluminoso tomo di dodici chili intitolato San Pietroburgo e i suoi 300 anni, *del quale il nostro presidente ha fatto dono, senza possibilità di rifiuto, a tutti gli altri presidenti e primi ministri giunti in occasione del giubileo della città, è stato rilegato utilizzando la pelle di quello stesso caprone etiope. Sembra che per cacciarlo fosse stata inviata in Etiopia, o Eritrea, una speciale delegazione parlamentare costituita da un gruppo di cacciatori professionisti del parco nazionale Zavidovskij, i quali avevano sterminato tutti i caproni di montagna del Corno d'Africa. L'episodio, a quanto si dice, aveva causato un vero e proprio putiferio nei circoli a difesa della flora e della fauna africane.*

All'inizio dell'epoca sovietica, nella tenuta di Lileevka, i čekisti di Porchov allestirono un campo di lavori forzati per deportare dal proprio distretto "i nemici della flotta aerea rossa". Tali erano considerati i cittadini che non avevano offerto uno spontaneo contributo economico a sostegno della giovane aviazione della Stella Rossa in occasione dell'iniziativa pandistrettuale "Rafforziamo le ali dei Soviet". Allo scadere del termine di accettazione delle donazioni, sulle pagine del quotidiano locale "Inestinguibile Fiamma" venne pubblicato l'elenco dei recapiti degli insolventi e in base a esso i čekisti prelevarono nottetempo tutti "i nemici della flotta aerea rossa" (naturalmente con confisca rivoluzionaria di beni e proprietà), deportandoli poi nel campo di concentramento di Lileevka. A capo delle operazioni di polizia c'era Irina Krošinskaja, famosa sadica rossa, amica di due altre arpie della rivoluzione russa, Stasova e Zemljačka. Le violazioni della "legittimità rivoluzionaria", però, anche per quei tempi penosi, furono talmente scandalose (le donazioni provenivano appena dal cinquanta percento degli abitanti di Porchov[21]) che l'organizzazione di partito di Porchov sbatté la Krošinskaja in prigione, mentre l'iniziativa dei čekisti divenne oggetto di indagine in occasione di una riunione del Sovnarkom, il Consiglio dei commissari del popolo. Vladimir Il'ič diede di persona una bella lavata di capo per l'operazione non autorizzata al leader dei combattenti della rivoluzione di Porchov – il Feliks 'Volpe di ferro' Dzeržinskij – che fu immediatamente richiamato dalla Svizzera dove, rasata la barbetta caprina e appesa al chiodo la giubba protettiva, si rilassava in tutta tranquillità con la consorte, al riparo dagli orrori degli scantinati della Lubjanka.

Naturalmente il campo di concentramento di Lileevo fu poi smantellato, ma la tenuta era stata devastata tanto dai nemici della flotta aerea rossa quanto dai suoi sostenitori. In seguito vi trovò sede la comune "Egalité", ma poco dopo una parte dei membri finì in gattabuia per atteggiamenti antisovietici: secondo quanto riferito dall'agente della GPU, avevano omesso di denunciare un loro compaesano che, dopo aver letto il tomo di Kautskij, in evidente stato di ubriachezza, si era lasciato sfuggire qualche parola di troppo durante una frugale cena in comune: "Una volta anche i socialisti inglesi decisero, come abbiamo fatto noi, di vivere in comune. Raccolsero soldi e un gran mucchio di roba vecchia che gli era capitata sottomano, e misero su la comune. Gli inglesi sono un popolo molto più diligente del

21 Vedi nota 3.

nostro, e anche più istruito. Ciononostante non ne venne fuori niente. Si barcamenarono così per un annetto buono, passandone di cotte e di crude, riducendosi a mangiare pane e ideali in salsa utopia per placare la fame, e da quel giorno li chiamano socialisti-idealisti-utopisti." Dopo lo scioglimento della comune, la proprietà rimase per qualche tempo abbandonata e andò in rovina. Dopodiché, come avvenne anche a tutte le altre proprietà fondiarie di Pskov – luoghi di sfruttamento e di servaggio – secondo il trend del momento "casualmente" bruciò. Oggi ne tiene viva la memoria solo il colle un tempo celebrato dal poeta. Su di esso, come all'epoca di Lileev, in primavera e agli inizi dell'estate fioriscono il ciliegio a grappoli, il lillà bianco e l'acacia, una vera gioia per il cuore...

Insomma, come ebbe a scrivere ai giorni nostri un erede spirituale nonché ammiratore di Lileev in un articolo intitolato *Il sottotenente della letteratura russa*:

> Passeranno accanto al colle le vecchiette
> Ricorderanno con una lagrima, rievocheranno...

CAPITOLO 14. ZAGORODY

Sul cocuzzolo di un monte, prima del pendio che porta alla biforcazione per Velikie Puki e Dedoviči, si scorge un tronco enorme, ciò che rimane di una fu possente quercia, molto somigliante a un minaccioso vecchietto, uno spiritello dei boschi chiamato Padrone, Nonno Ded (da cui deriva il nome del paesino Dedoviči). Lo chiamano pure Nikolaj Kožugetovič. Il nome lo abbiamo appreso in modo quasi prodigioso, solo passando accanto al tronco, come se ce lo avesse comunicato o sussurrato lui stesso. Un tempo sulla collinetta c'era il paesi-

no di Starye Zagorody, ma in occasione dell'ultimo censimento pansovietico del 1989 i funzionari vi hanno registrato la presenza di un unico abitante, un ometto vecchio quanto il cucco che viveva in una minuscola isba mezza decrepita pure quella, inscritto nei certificati di censimento con il nome di cittadino Pnin Nikolaj Kožugetovič. Quanti anni avesse, non lo sapeva neanche lui; di parenti non ne aveva più, ma sebbene dopo la guerra tutto l'archivio fosse andato perduto, chiacchierando del più e del meno il vecchietto aveva raccontato, con dovizia di particolari, avvenimenti dell'epoca dell'imperatrice Caterina la Grande. Insomma, l'anziano Pnin sosteneva di aver visto la sovrana nel 1787, quando era ancora un bimbo, allorché, su una carrozza dorata, ella si recava in compagnia di Potëmkin da Porchov a Velikie Krjuki. Nikolaj Kožugetovič raccontò che Caterina si era fermata nei pressi della sua abitazione, era scesa dalla carrozza e si era speditamente eclissata dietro un cespuglietto, laddove a quel tempo cresceva la giovane quercia, poi, ritornando alla carrozza, con la morbida mano sinistra aveva fatto una carezza sulla bionda chioma del ragazzino scalzo. Nel ricordare, il vecchietto aveva menzionato un dettaglio personale che l'abitante analfabeta di quel remoto paesino della provincia di Pskov non avrebbe potuto assolutamente conoscere: la mano riccamente ingioiellata della sovrana emanava un forte odore di tabacco. Come tutti di sicuro sanno, Caterina era nota per i suoi modi garbati, rari tra i monarchi russi (e tra i segretari generali): si rivolgeva alla servitù dando del voi e non prendeva mai tabacco da fiuto dalla tabacchiera con la mano destra – mano che solitamente porgeva per il baciamano di rito – ma solo con la sinistra. Lo faceva affinché il bacio dato alla regale manina non suscitasse sensazioni spiacevoli nei suoi amati sudditi. I contemporanei effettivamente ricordano questo riguardoso costume della grande donna.

A conti fatti il vecchietto doveva avere minimo 205 anni. Su richiesta del Comitato regionale del PCUS di Pskov, i professori dell'Istituto pedagogico della città misero insieme in fretta e furia il certificato storico che lo stesso Comitato regionale fece poi pervenire al Comitato centrale e al Consiglio dei ministri. Ai piani alti già si fregavano le mani all'idea che, a seguito di ricerche mediche di respiro internazionale, il nostro Kožugetovič fosse dichiarato l'uomo più longevo del pianeta: in tal modo avremmo strappato il primato di longevità all'India e, cosa principale, la regione di Pskov avrebbe ottenuto agevolazioni e ulteriori finanziamenti per la ricerca in ambito gerontologico e sociologico. Di lì a poco però i tempi cambiarono, del rottame di vecchietto (come anche del Comitato regionale) si perse memoria, e le catastrofi e gli incidenti sempre più frequenti degli anni '90 fecero sì che un altro Kožugetovič, pezzo grosso, quello di Mosca, offuscasse il nostro Kožugetovič, quello di Pskov. Anche se è possibile che il nostro sia un lontano parente della star.

Ma torniamo alla storia vera e propria. Il vecchietto raccontò a molti che dopo la memorabile visita, la piccola quercia sotto la quale si era accucciata la sovrana aveva iniziato a crescere e maturare con una velocità insolita per gli alberi di quella robusta specie, diventando nel giro di poco tempo meta di pellegrinaggio degli abitanti della provincia (che proprio per questa ragione furono soprannominati "quercépoli") e per molti anni le furono attribuite proprietà terapeutiche. I malati arrivavano da regioni lontanissime solo per vedere la sacra quercia, portando offerte e legando cenci ai suoi rami. C'era anche chi ci appendeva indumenti intimi simili a quelli che ancora oggi si possono vedere in antichi luoghi di culto totemico: chiunque sia stato dalle parti delle sorgenti Slovenskie di Izborsk potrà confermarlo. La sacra quercia si dimostrava particolarmente efficace contro l'infertilità femminile e per questo motivo solitamente veniva ricoperta di reggiseni, gonne e culotte. Chi non guariva, ci lasciava direttamente le penne. L'espressione eufemistica ha avuto dapprima una certa diffusione, soppiantata poi da altre più moderne tipo "tirare le cuoia" o "schiattare".

La chiesa ufficiale e la nascente medicina nazionale hanno sempre tentato di contrastare quanto più tenacemente la pericolosa credenza popolare. L'usanza, però, allignò così profondamente che un giorno di canicola, durante la famosa siccità del 1895, causò essa stessa la distruzione della quercia: la grande quantità di reggiseni e culotte femminili appesi ai suoi rami infatti si incendiò per una scintilla schizzata via da un fuoco che incauti pastori[22] avevano acceso poco lontano e il possente albero, avvolto dalle fiamme come nei quadri di Dalì, andò irrimediabilmente distrutto.

22 Vedi nota 3.

Sempre a proposito della quercia, gli anziani raccontavano pure che, una volta ogni cento anni, tra le migliaia di ghiande cadute dal sacro albero in autunno, maturava anche la cosiddetta "ghianda della sapienza": era sufficiente darle un morsettino per acquisire all'istante tutta la saggezza del mondo; l'udito del fortunato, inoltre, si aguzzava talmente da permettergli di ascoltare i discorsi altrui persino a enorme distanza.

Tutti probabilmente sanno che in Scozia ci sono parecchie querce sacre e per questo motivo si incontrano spesso persone dotate di capacità assolutamente fenomenali che hanno reso celebre quel piccolo ardimentoso popolo. Specialisti e semplici eruditi sono a conoscenza del modo in cui nell'antichità gli scozzesi riuscivano a sfuggire al pericolo di essere origliati: le comunicazioni più confidenziali venivano trasmesse da una persona all'altra con l'ausilio di un tubo di rame, metodo che ispirò ad Alexander Bell l'invenzione del telefono. Ovviamente i detrattori sostengono che in realtà l'invenzione del telefono sia stata conseguenza dei due infelici matrimoni di Bell. L'inventore aveva infatti sposato per puro caso due donne sorde e ogni giorno andava su tutte le furie perché, per farsi servire il tradizionale tè con pasticcini at five o'clock, era costretto a urlare alla consorte sorda come una campana. E come se non bastasse, alla fine della vita diventarono sordi anche la madre, l'adorato cane e il vecchio pappagallo. Così, messo con le spalle al muro dalle circostanze, Bell inventò il telefono.

In tutta franchezza, dobbiamo riconoscere che casi simili a quelli scozzesi da noi non sono mai stati registrati, ma non per questo ne metteremo in dubbio la veridicità. Purtroppo le magiche proprietà delle ghiande erano sconosciute alla nostra gente, né esse avevano effetti evidenti sui cinghiali che se ne cibavano. E comunque la nostra gente, anche senza ghiande magiche o famigerati tubi di rame, divenne famosa in tutto il mondo, e non meno degli scozzesi, per altre rare e insuperate qualità: l'esemplare amore per il lavoro, il connaturato rispetto della legge e la cordiale ospitalità, oltre che per le sei "À" (alla faccia delle tre dei taoisti): onestÀ, lealtÀ, sobrietÀ, genialitÀ, elasticitÀ (verso sé stessi) e semplicitÀ.

Oggi della quercia è rimasto solo un ceppo bruciacchiato. Non si sa neanche quando sia sparito il vecchio Kožugetovič... Comunque siano andate le cose, passando anno dopo anno in macchina accanto al ceppo, ci siamo resi conto che il luogo è decisamente insolito e sacro, e con molta probabilità, in tempi antichissimi, era sede di un tempio dedicato al dio pagano Veles, di conseguenza nonno Kožugetovič poteva addirittura essere un mago o magari un dio Silvano. Da allora abbiamo preso l'abitudine di portargli qualche offerta ogni volta che passiamo di lì: una buccia di banana buttata dal finestrino o un bocconcino di salame, facendo con la mano una specie di saluto militare e gridando tutti insieme ad alta voce: "Auguri di buona salute, Nikolaj Kožugetovič!" Il viaggio allora fila liscio. Se invece salti il rituale, di sicuro più avanti, in fondo al pendio, becchi una buca venuta fuori da chissà dove, una di quelle dannate "increspature" dell'asfalto che da lontano non vedi mai...

CAPITOLO 15. JAMOK

A questo punto la macchina inizia a scendere in un avvallamento assai particolare, una specie di fossato che si estende per molte verste. "Jama" in russo significa appunto "fossa", da qui il nome del paesino. L'avvenimento più rilevante e degno di nota di tutto il XX secolo in questa località è accaduto nell'estate del 1972, calda come non mai: boschi e paludi bruciarono per alcune settimane di fila e su tutta la vallata aleggiò una grossa nuvola densa e fetida, una foschia azzurrognola velò il sole e calò un'oscurità talmente buia che alcuni addirittura pensarono fosse l'inizio di una guerra nucleare, la "notte eterna" che gli scienziati dicevano sarebbe durata per molti anni dopo l'esplosione della bomba. Affacciandosi alla finestra, in effetti, era impossibile capire se fosse mattina o sera. La gente era costretta a muoversi praticamente quasi alla cieca e a orientarsi seguendo le sagome dei palazzi e le voci dei conoscenti. Non c'era corrente (perché erano bruciati i pali della luce) e le candele si spegnevano in continuazione per mancanza di ossigeno. Il bestiame però chiedeva fieno, e i contadini per trovarlo si spingevano dai villaggi fino al margine del bosco o nella zona delle paludi (giacché nei campi vicini e negli orti l'erba era ormai bruciata da tempo). Una quindicina di abitanti di Jamok, per non perdersi, si strinse in un gruppo compatto, si allontanò dal villaggio per un paio di chilometri e, dandosi sempre una voce, falciò l'erba alla meno peggio, riprendendo poi la strada di casa. Purtroppo a causa della maleodorante oscurità gli uomini presero la direzione sbagliata finendo non nel proprio paesino ma in quello successivo, Lužok, distante da Jamok una decina di chilometri, lo stesso che sta a due passi dai borghi di Putìno e Sputìno. È incredibile, ma l'identica cosa sembra fosse capitata anche a un gruppo di contadini del paesino di Lužok (come non ricordare allora un aneddoto su una lite scoppiata per un tamponamento tra un nuovo russo e il sindaco di Mosca che aveva esclamato: "Io sono Lužkov, il sindaco di Mosca! E con Lužok non c'entro un cazzo!) nel quale erano finiti gli jamokesi. Fatto sta che i lužokesi, usciti a falciare, avevano anch'essi perso la strada del ritorno a causa della foschia, e cammina cammina erano arrivati a... Jamok. I due gruppetti di falciatori passarono la notte a casa delle mogli impensierite per i mariti scomparsi e sul far del presumibile mattino, ripresero la strada di casa, perdendosi però ancora una volta e ancora una volta finendo nell'altrui paesino: gli jamokesi a casa delle mogli dei lužokesi, e i lužokesi a casa delle mogli degli jamokesi. E così i due gruppi di poveri cristi (assolutamente sobri, va detto!) andarono avanti per un mese intero (!), quasi fosse il diavolo a menarli per il bosco fumoso. Per quanto gli uomini tentassero di tirarsi fuori da quel dannato sentiero, piantando picchetti e seguendoli uno dopo l'altro (metodo che i villici avevano visto usare nel film *La foresta di smeraldo*, ambientato nelle terribili giungle del Brasile), il risultato, ahimè, rimaneva sempre il medesimo: dopo ore e ore di cammino per boschi e paludi inaridite finivano con il ritrovarsi immancabilmente nel solito altrui paesino.

Per dare quantomeno un senso alla "trasferta" involontaria e sdebitarsi in qualche modo per i continui pranzi e cene a scrocco nell'altrui villaggio, gli uomini iniziarono a falciare fieno per le padrone dei fienili in cui trascorrevano la notte e a riportare a casa cacciagione o pesci presi per puro caso in laghetti e fiumiciattoli mezzi prosciugati. E più passava il tempo, più conquistavano terreno. Alcuni di questi falciatori da strapazzo si trasferirono dal fienile alla casa e cominciarono a rendersi utili alle donne nelle incombenze domestiche: chi spaccava la legna, chi portava via il letame perché, si sa, in campagna senza un uomo è dura. Ci furono sviluppi, nacquero simpatie reciproche. Dopo qualche mese, le mogli dei lužokesi e degli jamkovesi, presupponendo (in molti casi più per sentirsi a posto con la coscienza che per altro) che i propri mariti fossero morti abbrustoliti negli incendi boschivi, strinsero intima amicizia con gli ospiti, allacciarono relazioni amorose e, per la prima volta dopo anni, alcune delle presunte vedove rimasero addirittura incinte dei loro coinquilini. A far da lugubre sfondo a questa incredibile storia fu il panico per la tetra attesa di una fine del mondo che vecchie e sinistre escatologhe annunciavano di casa in casa. E umori di questo genere, si sa (vedi *Il banchetto ai tempi della peste* di A.S.

Puškin), attenuano notevolmente le inibizioni morali, altrimenti rigidissime nella vita di tutti i giorni.

Dobbiamo far notare che a Jamok, tra gli altri ospiti forestieri, giunse anche un ragazzo dalla pelle nera soprannominato in seguito Maksimka, e anche lui si trovò una compagna, la prosperosa vedova Valentina, già reduce da ben due mariti alcolizzati. In strada per Velikie Kljuki a bordo della sua Moskvič, Maksimka si era perso nell'oscurità (il disgraziato autista e il suo passeggero continuarono ad avanzare alla cieca tra stradine di campagna e strade invernali finché non finì la benzina). A quel punto Maksimka e l'autista avevano continuato a piedi, perdendosi di vista nel fumo, e due giorni dopo il figlio del torrido continente si era aggregato al gruppo di ex falciatori nel momento in cui, per l'ennesima infruttuosa volta, si erano messi in cerca del loro paesino. Che Maksimka (il cui vero nome era Joseph Emmanuel Napoleon Towimbu Makélélé) fosse nero di pelle, per molto tempo non se ne accorse nessuno, neanche Valentina, a causa dell'oscurità e della fuliggine che costantemente ricopriva la faccia e i vestiti dei poveri paesani in quei disgraziati afosi giorni d'estate.

Quando poi agli inizi di settembre arrivarono le piogge e la nebbia si disperse, il corso della storia ormai non poteva più essere cambiato. Gli uomini si erano ambientati e avevano ormai messo radici nel nuovo posto. E non scoppiarono neanche particolari discussioni né contese in merito alla vita familiare o alle proprietà: la maggior parte dei paesani, infatti, coinvolti nello "scambio" loro malgrado, era abbastanza soddisfatta delle nuove consorti. E anche per le contadine la sostituzione di un ubriacone con un altro non portava niente di nuovo. In poche parole, in entrambi i paesini tornarono a regnare pace e libertà.

Dopo il crollo del potere sovietico e lo scioglimento dei kolchoz, nei villaggi dello pskovese spuntarono molti uomini realmente liberi. Osservando il nostro vicino Jura, che con passo misurato se ne andava in giro per strada con le mani dietro la schiena, spesso ci venivano in mente i versi di Bagrickij sulla libertà: "Eccolo lì, Didel', allegro se ne va per l'ebbra Baviera." Erano realmente liberi da tutto: liberi dalle convenzioni, dagli obblighi nei confronti di genitori e figli, da sentimenti di amicizia e cameratismo, da valori civili e religiosi, da impegni economici e mutui, da vincoli di passaporto, tasse e alimenti. Nella loro coscienza, la scala cristiana dei valori e il metro delle azioni buone e cattive soccombevano a ignoranza, miscredenza e ateismo ufficiale. Quello di cui ognuno avrebbe provato vergogna (il furto, per fare un esempio, o la menzogna) ai loro occhi appariva assolutamente normale, roba da furbi, di cui per giunta andare fieri. Della madre che picchiò selvaggiamente, rinchiudendola per tre giorni in cantina e buttandola poi in mezzo a una strada (la donna trovò rifugio in uno squallido ospizio per anziani), Didel' non ha né memoria, né rimorso: sarebbe capace di svaligiare la casa del vicino, di rubare il fieno altrui e poi rivenderselo senza scrupoli. D'altra parte, senza stare tanto a idealizzare il passato, possiamo dire che anche prima le cose andavano allo stesso modo. Non per niente V.O. Ključevskij affermava: "La nostra storia è sempre stata imbastita dal filo rosso del 'furto', della 'ruberia': Griška il ladro, Šujskij il ladro, il principe tal dei tali, ladro pure lui, e via dicendo. Tra il popolo, tra i contadini, ancora oggi rubare non è vergognoso e chi si trovi a passare accanto alla casa di un vicino non può fare a meno di sfilare dalla palizzata un chiodo piantato male. Il contadino, insomma, non ritiene il furto un atto riprovevole come, invece, è considerato tra le altre classi sociali. Tanto che ruba anche a sé stesso."

I passaporti scaduti dei moderni eroi di questi luoghi sono andati persi e per recarsi a Novoržev e farsene rilasciare uno nuovo non ci sono né i soldi né la necessità. Vivono chiusi nelle loro case sbilenche, tenute in piedi con qualsiasi cosa capiti a portata di mano, con le infiltrazioni nel tetto e i vetri delle finestre ridotti in frantumi durante le zuffe, senza preoccuparsi di niente e nessuno: non hanno orologi, né calendari, radio o televisore, niente di niente insomma, a che servirebbe? Gli basta sapere quando è giovedì, giorno in cui arriva il furgoncino degli alimentari e allora, già molto prima dell'ora X, che conoscono bene, si accovacciano accanto al pozzo a osservare avidamente il viavai di gente accalcata attorno alla vettura azzurra (tipo i cellulari della penitenziaria), vecchiette e villeggianti che – beati loro che sono ricchi! – hanno grana a sufficienza per comprare un po' di quel "rosso" che chiamano vino, una vera e propria porcheria i cui produttori andrebbero fucilati pubblicamente, come fanno in Cina per reato ai danni dello Stato: anzi meglio, liquefatti nel loro stesso prodotto. Sulle tecniche per far sganciare soldi ai liberi per una bevuta ("per una bottiglia" come dicono qui) si potrebbero scrivere interi trattati. Per la maggior parte, però, si tratta di cosiddetti scioperati, gente per cui il denaro non ha alcuna importanza: l'importante è che basti almeno per una bottiglia. A volte pur trovandosi in mano mille rubli, bevono, fumano e mangiano solo porcherie irripetibili. Come gli indios dell'Ecuador che per vivere hanno bisogno di poco: manioca, patata dolce e qualche foglia di palma per farsi un tetto. Sono tutti vestiti quasi allo stesso modo: abiti grigi, gualciti, sformati (alcuni non se li tolgono nemmeno per dormire). Non si radono, ma non hanno una vera e propria barba, piuttosto una sorta di barbetta incolta di due settimane, come quella del regista Gorgoev, che li fa sembrare selvaggi. Quanto possiedono lo vendono per pagarsi da bere: ferri del mestiere, vestiti, scorte di fieno per il bestiame, pesci di lago, bacche e funghi raccolti nei boschi e patate fresche di orto. Non hanno neanche cento rubli da dare al proprietario del toro che gli monti la mucca e quindi per tutto l'anno seguente mendicano latte per i figli piccoli a casa dei vicini. Da queste parti, è inutile dirlo, del femminismo che ha messo sottosopra l'Occidente nessuno ha mai sentito parlare e gli "pskovesi con la vagina" vengono regolarmente e spietatamente picchiati.[23] *Alcuni si ritrovano segnati dai lividi: cerchi violacei all'occhio sinistro si alternano ad abrasioni sullo zigomo o a ematomi freschi sotto l'occhio destro. Con il passare degli anni, in bocca non rimane che un'unica zanna sporgente.*

Gli indigeni si svegliano quando il sole è già alto e fino alle 10-12 il paesino è deserto. Segue poi il pranzo, "mangia un bocconcino e schiaccia un pisolino" recita il detto; per il riposo notturno i liberi si coricano con il crepuscolo giacché gli sono stati ormai da tempo tagliati i fili della corrente elettrica per mancato pagamento. Per ben cinque volte il nostro Didel' ha allacciato un lungo cavo volante alla linea elettrica, ma ogni volta è spuntato il cocchio della Nemesi della Novorževenergo, la società fornitrice di energia elettrica, e i suoi sacerdoti in tuta blu hanno troncato impietosamente gli illeciti cavi. L'ultima volta i sacerdoti hanno inseguito Didel' sbraitando per tutte le valli circostanti, intenzionati a sacrificare il manigoldo alla dea della Giustizia o quantomeno a spaccargli il muso o dargli una bella strigliata perché non ne potevano più di dover intervenire continuamente in quella landa dimenticata da Dio per colpa del trasgressore doloso. Perché, insomma, hanno ben altro da fare che correr dietro a Didel': nella fattispecie staccare dai cavi i villici pskovesi arro-

23 Padre Svjatoslav, sacerdote della chiesa di Novoržev, nel 1996 ha riferito al corrispondente del quotidiano locale che i parrocchiani ubriachi gli avevano impedito di fare la predica di Natale tanto era il rumore che facevano. "L'unica cosa che sono riuscito a dire è stata: 'Almeno in questo giorno di festa cercate di non picchiare le vostre madri e i vostri bambini.'" ("Zemlja Novorževskaja", 1996, numero 69)

stiti.[24] *Del resto il nostro Didel' (e di questo sia ringraziato il Creatore) non è affatto come l'idiota col bicchierino rimasto affumicato a Malaja Guba. Di solito è estremamente prudente quando traffica con l'energia elettrica e si attiene rigorosamente alle norme di sicurezza. Quando ruba energia elettrica, Didel' non sottrae i cavi, ma sostituisce quelli tranciati con altri nuovi, di sua proprietà (anche questi probabilmente presi in prestito altrove) e si arrampica sul palo adagio e con cautela, come un koala. In quei momenti è sobrio, in testa porta un chepì e indossa un paio di guanti di plastica gialli mezzo bucati, utilizzati di solito per lavare i piatti, che mia moglie ha buttato via per-*

24 Il giornale "Zemlja Novorževskaja" (14 giugno 2005) ha pubblicato due spaventosi articoli. Il primo (intitolato: *Frega e sei fregato: un ragazzo brucia vivo mentre tenta di trafugare un cavo elettrico*) racconta di come una squadra della manutenzione, ricevuta una chiamata per un'interruzione di corrente, si fosse precipitata sul posto. Mentre "erano ancora in movimento, a circa 400 metri dal vil-

ché non sapeva più che farsene. In quell'ora solenne mi risuona nelle orecchie l'andante della marcia del battaglione dei Genieri della Guardia Imperiale, lento e accorto, come se procedesse in punta di piedi…

Di gabinetti, cessi, latrine e altri simili abitacoli di ritirata la gente libera non ne ha. In casa si organizzano con un secchio posto sotto un buco del pavimento dell'anticamera, oppure solitamente si accosciano all'aperto, tra le aiuole, e da lontano magari ti fanno pure un saluto con la mano: "Ehilà Maksimyč!" E ogni volta io mi trattengo a fatica dal fare una predica nello spirito del decreto apocrifo di Pietro il Grande: "Al russo non si addice cagar accosciato 'ad aquila' giacché l'aquila è simbolo dello Stato." È un vero peccato che il presidente dell'Araldica di Stato non vigili.

Questi uomini, i più liberi al mondo, non amano nessuno, non hanno amici; dei vicini di casa e dei parenti non fanno che dire cattiverie e indecenze, ma non si tirano mai indietro quando si tratta di diventare

laggio di Malaja Guba, gli uomini della squadra hanno visto su un cavo ad alto voltaggio una 'torcia fiammeggiante'. Osservando più da vicino, gli elettrotecnici si sono trovati davanti una scena terrificante: ai cavi era attaccato un uomo, sfigurato dalle ustioni, privo di vita. La squadra è stata costretta a staccare dal palo l'uomo bruciato vivo ma è stato impossibile identificarlo perché, ovviamente, sprovvisto di documenti. L'unica cosa rimasta intatta dopo la potentissima scarica elettrica era un paio di tenaglie e… un bicchierino in una tasca dei pantaloni carbonizzati." Nel secondo articolo (intitolato: *Il suo ultimo maggio. Morto un ragazzo mentre tenta di rubare un cavo elettrico*) viene riportato il verbale di interrogatorio del padre dell'allocco deceduto all'età di ventidue anni: "In merito all'accaduto, il padre, Viktor Vasil'ev, disoccupato, ha affermato che il 14 maggio verso le ore 21 stava rincasando con il figlio dopo una giornata di pesca al lago. Veduto il cavo elettrico, il figlio si era arrampicato sul palo per tentare di tranciarlo con un paio di tenaglie. Il cavo, però, era evidentemente sotto tensione e lo ha fulminato, lasciando il giovane penzoloni. 'Io ho iniziato a colpire la base del pa-

"compagni di bevute", e allora bevono giorno e notte e poi finiscono stesi a terra, l'uno accanto all'altro, a rotolarsi in una pozza della loro stessa urina, in mezzo a una tale distesa di bottiglie vuote di ogni specie e sorta che non sai neanche dove mettere i piedi. La quantità di questi recipienti ricorda molto le discariche di zucche vuote nei pressi delle colonie dei Brevi trasferitisi in Africa.

Una notte fummo svegliati da un dolce e armonioso tintinnio di campanelle di cristallo. Come se dall'oscuro cielo scendesse su di noi la melodia celestiale dell'orchestra di angeli musicanti che accompagna il dipinto dell'Annunciazione del Beato Angelico nel convento di San Marco a Firenze. Un rombo di motore, però, e un bestemmiare sommesso ci precipitarono nuovamente sulla peccaminosa terra: da Vasilij Ivanovič, gestore in quel periodo di un night club improvvisato chiamato Da Ivan la Spugna (il locale rimase aperto anche di giorno finché il vecchietto non esaurì la consistente pensione da veterano), erano arrivati gli zingari per i vuoti e, proprio quando il suono delle sublimi note ci

lo. Mio figlio è caduto a terra, ma era già morto. Poi me lo sono caricato in macchina e l'ho portato alla stazione di polizia di Idrica. In merito alla morte di mio figlio non me la prendo con nessuno in quanto è tutta colpa nostra. A riguardo non sono in grado di aggiungere altro.'" La redazione del giornale ha inserito un commento secondo cui, tra il 1996 e il maggio 2005, nella sola regione di Pskov ben cinquanta persone sono morte bruciate con le stesse modalità! La redazione poi porta il lettore in tutt'altra direzione: "Non dimentichiamoci mai che l'energia elettrica è di enorme utilità solo se utilizzata con prudenza e attenendosi rigorosamente a tutte le norme di sicurezza." In poche parole il caso del Denis Grigor'ev cechoviano sopravvive e trionfa: bisogna solo prestare maggiore attenzione. A causa dei cavi elettrici sono anche aumentati i casi di decesso di villeggianti armati di straordinari mulinelli telescopici. A quanto sembra, i villeggianti, pescando con i piedi nell'acqua, lanciano l'amo talmente in alto che finisce per agganciarsi ai cavi elettrici della vicina linea dell'alta tensione. Facile immaginare il seguito: pescatore arrosto e inconsolabile dolore dei parenti.

aveva dolcemente svegliato, era scoppiata un'animata discussione: i selezionatori esigevano solo ed esclusivamente quanto era pubblicizzato negli annunci, vale a dire "Vuoti di qualità superiore: bottiglie di vetro bianco e verde da acqua e birra, da 0,50", mentre la direzione del night club, approfittando della fioca illuminazione del lampione stradale, tentava di rifilargli non solo bottiglie di qualità superiore di colore scuro,[25] *ma anche il resto, vale a dire quelle che, comprensibilmente, nessun punto di raccolta dei paesi dell'Unione Europea e dell'area Schengen avrebbe mai accettato, anche se è proprio da quei paesi che vengono impudentemente importate da noi!*

Tra parentesi, quando a Vasilij Ivanovič, veterano del movimento partigiano, allacciarono il telefono, gli habitué del night club si illuminarono di contentezza come un tempo avevano fatto i loro bisnonni per la prodigiosa lampadina a incandescenza: finalmente potevano evitare di spedire Kolja in groppa a Rombik a prendere una bottiglia e svegliare nel cuore della notte il professor Sen'kin perché facesse un salto alla rivendita di sciacquabudella di Zareče, ma educatamente usare quel filo per chiamare il venditore di beveroni direttamente a casa ("Pronto signorina, parlo con l'Istituto per giovinette blasonate Smol'nyj? T'ho fregato, Michalyč! Dài, portami una bottiglia!"). Non passava neanche mezz'ora che l'auto del pronto intervento sbronze (un'utilitaria verde senza targa, né fari, né paraurti, smarmittata, non revisionata, libretto di circolazione inesistente e guidatore spatentato) arrivava rombando dritta dal sofferente e poi ripartiva verso altra destinazione, evidentemente per soddisfare altre chiamate. Di solito non è facile distinguere una festa privata da una

25 In America l'avrebbero chiamata segregazione, indegna dell'uomo moderno, giudicandola comportamento non *politically correct*, e avrebbero anche avviato speciali consultazioni parlamentari in merito.

sonora litigata: se senti provenire dalla casa accanto una cagnara selvaggia, urla e grida, potresti pensare che i vicini stiano facendo bisboccia e invece magari se le stanno dando di santa ragione, o viceversa. Tra l'altro questo processo è variabile, ambivalente, mentre la legge che lo regola è unica e rigida: qualunque cosa accada là dentro, per quanto selvagge e strazianti siano le urla provenienti dal portico o dalla sala da pranzo, tu non ti immischiare, anzi tieniti proprio alla larga altrimenti finisce che ti danno pure la colpa!

Gli indigeni si esprimono (bambini inclusi) utilizzando un turpiloquio nudo e crudo, non contaminato da elementi di lingua russa dotta. Certo, talvolta capita anche di sentire espressioni curiose del tipo: "Serëžka, va messo il sale sulle patate oppure 'fanculo a loro?" (nel senso "oppure non le salo") o ancora: "Ma perché 'sto gatto continua a perdersi merda in giro per casa?" "È che a farla in mezzo all'erba, Maksimyč, gli pizzica il culo!"

È gente che non si fa problemi a picchiare senza pietà fratelli e sorelle, mogli, figli, madri (i padri, per contro, soccombono – talvolta lesti e briosi, talaltra lentamente e con grande tormento – tra le spire della serpe dell'alcol) e le bestie, insomma tutti quelli che sono più deboli di loro. La nostra vicina di casa, per esempio, lo scorso autunno ha fatto alla julienne, come la verza, tutti i gattini che la gatta le aveva partorito l'estate precedente. E come si fa a guardare le mandrie sfinite dei kolchoz, buttate nelle stalle inondate di fango e merda – come un Auschwitz per animali – senza provare un brivido? Se dovessimo mettere a confronto gli abitanti del posto con i rappresentanti del mondo animale locale, questi ultimi ne uscirebbero sicuramente a testa alta: le bestie sono d'animo semplice, i loro intenti sono puliti, dimostrano gratitudine, capiscono quando gli vuoi bene e apprezzano le carezze, e se compiono un'azione non onesta, tipo rubare, lo fanno solo perché hanno fame e non per il bere. Rombik, per esempio, è un ca-

vallino laborioso e assai più sobrio del padrone Kolja; il gallo Boiardo Petto Ramato è più nobile e sincero (nonché d'aspetto assai più dignitoso) della padrona, donna Manja; il cagnolino Chip è più amichevole ed educato della sua Valja: non entra in casa senza essere invitato e non abbaia mai in maniera cafona come la padrona o le sue amiche paesane quando di punto in bianco attaccano a litigare come galline attorno al furgoncino del mercato. Quando in paese c'erano ancora le vacche, tra loro erano molto amiche e davano un elevato esempio di questo nobile e antico sentimento: Nerina di Nastasja Petrovna non andava mai al pascolo senza l'amica Aurora di Natalja e l'appuntamento fisso del mattino tra le due amiche, dopo la notte passata in stalla, era uno spettacolo davvero commovente, degno di esser descritto da penna ben più raffinata della mia! Se di giorno le legavano nel campo (quando magari il mandriano era ciucco), spesso si richiamavano e il loro muggito non aveva nulla di ripugnante o ributtante come invece lo sragionare rauco di quel ciucco perso di Tolja Tjuremščik della casa di fronte. E poi c'è un gattino tutto bianco con un cappuccetto di pelo grigio in testa – non si sa di chi sia – che con grande passione si dedica alla caccia al topo nel nostro campo, rimanendo ore e ore appollaiato immobile sul recinto. Vacche e pecore, senza mai alzare la testa, trascorrono giornate intere a brucare erba e quando a mezzogiorno comincia a fare parecchio caldo, tutte, piccole e grandi, si stringono in maniera commovente l'una all'altra sotto l'ombra di un albero; i cani sempre vigili fanno la guardia di notte abbaiando contro gli estranei; le cicogne con l'aplomb di un ispettore del Comitato centrale del PCUS, si spostano avanti e indietro attorno alla palude o magari, impavide e fiere, vanno dietro a un tosaerba sferragliante come facevano gli inglesi con i carri armati francesi nella battaglia di Marne, procurandosi in tal modo, per sé stesse e per la prole, rane stordite dal gran fracasso. Per non parlare poi di altri volatili: a intervalli di un minuto (e avanti così finché continua a splendere il sole!) una rondine mamma e una rondine papà entrano ed escono dalla finestra della soffitta per portare la pappa ai loro cinque piccoli. E i piccolini dal pettino bianco si accomodano sui fili elettrici, come dietro a un banco di scuola, educati e ordinati. Non somigliano per niente ai diavoletti mocciosi, sporchi, cattivi e ladruncoli di una nostra vicina di casa. Insomma, per farla breve, gli animali muti si danno da fare, procurandosi il pane quotidiano col sudore del muso e del becco, ma la gente non li vuole, proprio non li vuole!

Stupisce in special modo che questi umanoidi siano completamente affrancati anche dal quotidiano lavoro della terra e solo nelle rare occasioni in cui, inconsciamente e involontariamente, gli scatta in testa il secolare meccanismo della saggezza contadina russa allora si mettono a piantare qualcosa. Anche quest'attività va comunque vista come un'assoluta improvvisazione su un tema assegnato, soprattutto in relazione alla durata del lavoro e alla sua entità. Possono falciare l'erba e buttarla su un prato per lasciarla imputridire definitivamente oppure non raccogliere le patate fino ai geli autunnali. Il loro bestiame, attaccato al palo, malnutrito, sporco di letame dalla coda alle orecchie, muggisce lamentoso tutto il santo caldo giorno, vagendo e gemendo a più voci sotto l'aggressività dei tafani. Quelle povere disgraziate vacche e capre sono costrette a mangiare strappando dalla nuda terra l'erbetta che riescono a raggiungere attorno al palo tendendo la corda al massimo e, benché si trovino ad appena una decina di metri dal lago, muoiono letteralmente di sete. Questa gente vive in fitti boschi di betulle ma per l'inverno non ha neppure un ciocco di legno e quando poi il freddo diventa proprio insopportabile, Didel' spacca lo steccato di legno marcio della tranquilla vicina e con quei pezzi accende la stufa mezza scassata. D'estate invece alcuni si mettono a cucinare per strada, in una casseruola sporca appoggiata su due mattoni anneriti dal fumo…

Maksimka fu una vera e propria rivelazione, quasi una star, per Jamok e per tutto il circondario. Si venne poi a sapere che questo studente della facoltà di medicina di Pskov in realtà altri non era che il figlio del re di un Bantustan dell'Africa Meridionale e, dopo aver tanto girato in lungo e in largo per quelle calde tenebre, gli era passata la voglia di tornarsene a casa in Africa. Maksimka si affezionò ai villici pskovesi e soprattutto ai caldi fianchi di Val'ka. Di seguito riporto l'articolo che il quotidiano della capitale ha dedicato a Maksimka: "Con il passare del tempo, i compaesani si sono abituati a quest'africano sempre sorridente, gentile e affabile e contento di farsi chiamare Maksimka, come lui si è abituato alla vita di campagna, cercando di non stare mai con le mani in mano: spacca la legna, lavora nell'orto, porta al pascolo le mucche, raccoglie i rifiuti (motivo di particolare stupore e addirittura orgoglio per i suoi compaesani), quando le vecchiette del paese glielo chiedono, va per loro al furgoncino del mercato e restituisce il resto fino all'ultimo copeco. Insomma, è un ragazzo che lavora sodo e quasi non beve: dove se ne trovano altri così oggigiorno? 'Quasi non beve' giacché all'inizio rifiutava categoricamente qualsiasi bevanda alcolica, poi però la vita poco a poco gli ha aperto gli occhi e oggi Maksimka, quando è stanco, un bicchierino se lo concede. E dice sorridendo: 'Che c'è, non sono russo forse?'"

Dalla torrida Africa ogni tanto arrivano a suo nome pacchi postali contenenti acridi secche e miele selvatico. Gli abitanti di Jamok sono diffidenti e non assaggiano molto volentieri i cibi e le bevande da lui offerte, preferendo la classica vodka casalinga o un bel bicchiere di rosso. Dopo nove mesi Val'ka ha dato alla luce un maschietto dalla pelle olivastra che è stato chiamato Aleksandr. È cresciuto alto e ricciolino e sin da piccolo ha cominciato ad amare Esenin, scrivendo egli stesso stornelli bucolico-agresti e cantandoli poi durante le passeggiate. Nel periodo della stagnazione, Val'ka e Maksimka portarono l'*enfant prodige* nella città di Puškin con l'intenzione di iscriverlo al liceo, ma ritornarono a casa amareggiati dopo aver scoperto che lì ormai non esisteva più alcun istituto di istruzione superiore d'élite per negretti, ma solo un noioso museo. Adesso Saša è cresciuto ed è diventato imprenditore agricolo. Da non bevitore (fenomeno più unico che raro nella zona) ha iniziato a coltivare lino con ottimi risultati e lo esporta in Inghilterra. Poco tempo fa la polizia locale – ripristinato il regime dei passaporti con l'ascesa al potere a Mosca di gente con mani pulite e cuore caldo – aveva deciso di rispedire in Africa il vecchio Maksimka come un barbone negro senza permesso di soggiorno, ma poi si è capito che i soldi per le spese di viaggio del re-emigrante sarebbero dovuti uscire dalle tasche delle autorità locali e, siccome si sa quanto quei soldi siano indispensabili per quei poveri disgraziati di funzionari, Maksimka fu lasciato in pace.

CAPITOLO 16. BUBROVKA

Appena fuori dal paesino, sulla destra, sono visibili in fondo a un burrone le rovine di un'antica *banja*, o meglio, le fondamenta malridotte e la caldaia arrugginita di un bagno costruito dopo la guerra anche se quel luogo era sporco come un immondezzaio. Di lì a poco nella *banja* la gente iniziò a morire, maschi e femmine. Dapprima a quelle morti si diedero spiegazioni razionalistiche: un uomo muore su una panca? Il cuore non gli ha retto per il vapore che – e questo è vero – l'ha ridotto una mela cotta; una donna affoga in una vasca (come dicono qui "è colata a picco")? Subito si pensa che magari era incinta, "le è preso un coccolone", è cascata dritta nella vasca ed è affogata; un nonnetto rimane intossicato dal monossido di carbonio e si spegne come una candela? Magari nel tepore si è appisolato e se lo sono dimenticato tutta la notte chiuso nella stanza del vapore. Una cosa, però, è curiosa: con il passar degli anni, gli abitanti hanno cominciato a notare che i nomi degli stracotti e dei colati a picco iniziavano tutti con la lettera M, ma proprio tutti: Maška, Makarka, Matrëna, Miški, Mokej. Ovviamente la maggior parte dei deceduti apparteneva alla tribù dei bevitori o a quella dei forti bevitori e la storia finiva sempre con una bella risata; almeno fino al giorno in cui non rimase bollito un certo Markyč, uomo, per contro, equilibrato e bevitore moderato, appartenente alla famosa categoria dei talenti naturali-autodidatti nazionali con vocazione patriottica, cresciuti a pane e derevenščiki, Pikul' e poi Fomenko. Inoltre Markyč si era anche fatto un certo nome per essere stato l'unico in tutta la regione a essere rimasto fedele abbonato trentennale alla rivista letteraria "Literaturnaja Gazeta": leggeva e riesponeva poi le tematiche degli articoli spacciandole per farina del proprio sacco. Negli ultimi anni lo aveva particolarmente tormentato il mistero delle cosiddette "quattro croci", un antichissimo sistema sotterraneo di passaggi segreti, tramite il quale si diceva che in tempi assai remoti i santi avessero voluto "preservare" la Rus' contro l'anticristo: i terroristi del futuro. Markyč, ahimè, non riuscì a sciogliere il mistero e si premurò che gli altri si astenessero dal farlo, ripetendo spesso: "La leggenda riscalda l'anima con il suo mistero, mentre il freddo intelletto la inaridisce." Coltivava segretamente il sogno di diventare un classico, famoso e rispettato, e conversando con uomini di scienza ricordava spesso la storia dell'eroe di un racconto di Vasilij Šukšin intitolato *L'hai azzittito*. E queste conversazioni capitavano spesso perché Markyč da tempo arrotondava lo stipendio come corrispondente di spedizioni folcloristiche a Pskov. Con il passare degli anni aveva acquisito un personale metodo di lavoro con gli scienziati in visita. Nel periodo invernale, senza farsi vedere dai vicini, di tanto in tanto leggeva le *Fiabe russe proibite* di A.N. Afanas'ev pubblicate all'estero in *tamizdat* che il cognato impiegato alla dogana di Tallin gli procurava di contrabbando, nonché l'*Indice delle fiabe e dei racconti del folclore* di Aarne-Thompson ordinato per corrispondenza. D'estate poi, quando arrivavano i folcloristi per la "caccia alla parolaccia" (come nei corridoi della facoltà di filologia erano definite le trasferte estive di studi folcloristici in giro per la regione, obbligatorie per le studentesse-russiste), dava conto di quanto aveva letto durante i mesi invernali, e per giunta con grande perizia, infiorando la narrazione con pittoresche espressioni autoctone. E in tal modo, con il suo eloquio in apparenza spontaneo, non costruito, Markyč ha indirettamente aiutato molte partecipanti alle trasferte di studio a scrivere decine e decine di tesi di laurea e a diventare poi docenti.[26]

Dopo la disgrazia di Markyč, la gente ebbe, secondo l'espressione di Q. Tarantino (ricordate il dialogo finale tra Vincent e Julius in *Pulp Fiction*?) "quello che gli alcolisti chiamano 'momento di lucidità'", e nessuno ebbe più dubbi: nella *banja* si aggirava uno stregone vampiro! Per quale motivo, però, quel diavolo si fosse accanito proprio contro la lettera M nessuno lo sapeva. I pragmatici e gli

26 Tra parentesi, fu proprio grazie al suo contributo nell'ambito della folcloristica nazionale che si venne a conoscenza di un'espressione popolare riguardante l'epilogo della vita sessuale dei villici pskovesi, "appendere l'attrezzo al chiodo". La calzante espressione oggi è diventata il nome di un gruppo punk folk che gode di grande popolarità tra i giovani pskovesi, L'attrezzo al chiodo, che non ha nulla da invidiare ad altre famose band russe come i Nogu Svelo (Un crampo al piede) e i Viagra. Non va però confuso il gruppo rock con la catena di night club per single attempati spuntati in molte città dello pskovese e che portano lo stesso nome.

atei affermavano si trattasse solo di una pura e semplice coincidenza (naturalmente i nomi degli intossicati e degli annegati non iniziavano solo con la M, ma anche con altre lettere dell'alfabeto russo): perché, diciamolo, se il giorno prima ti sei scolato qualche bottiglia di vodka casereccia, che vai ad arrampicarti sulle tavole, a infilare la testa nella vasca piena d'acqua gelata oppure a fare un bel salto in un buco nel ghiaccio?! In linea di principio quest'ultima affermazione dal punto di vista medico è giusta, ma la cattiva abitudine dei bagni di contrasto esisteva dall'epoca in cui Pskov aveva ottenuto l'indipendenza. Sempre da epoche antichissime è nota la particolare furia dei villici pskovesi negli spassi della *banja*, probabilmente ereditata dai vichinghi e dalla stessa principessa Ol'ga, loro conterranea, grande statista e diplomatica dell'antica Rus', che sfruttava con gran perizia la *banja* russa nella lotta contro i rivali politici.[27] In quei luoghi comunque l'alcol rimaneva sempre il peggior flagello. Nel XIX secolo gli etnografi avevano calcolato che ogni contadino arrivava a spendere in vodka fino a un terzo del proprio

27 Un annalista riferisce che Ol'ga invitò una delegazione diplomatica di Drevljani a fare un bagno prima di sedersi al tavolo dei negoziati: allorché gli uomini furono all'interno della sala del vapore, la principessa ordinò di sbarrare le porte, lasciando i Drevljani morire lessi chiusi dentro. Mille anni dopo, nel 1884, il "Foglio di Pskov" pubblicò una lettera indignata di una signora della capitale la quale, di passaggio nella cittadina, era rimasta "estremamente colpita dall'imperante primitiva semplicità dei costumi. Mi stavo dirigendo verso il fiume... quando di lontano odo, sorpresa, risa sguaiate con tutta una tonalità di note, dalle più basse alle più alte. Giunta sulla riva, capii tutto: dalle porte della *banja*... schizzavano fuori corpi rossi, si lanciavano in acqua e una volta riemersi riempivano l'aria di grida selvagge. Inutile dire che mi affrettai a distogliere lo sguardo da tale 'piacevole' spettacolo, allontanandomi quanto più velocemente potessi. Sono sorpresa che le autorità costituite permettano tali spettacoli gratuiti, per cagion dei quali una signora non può avvicinarsi alla riva. NN" ("Cronache di Pskov", numero 2, Pskov, 2004, pagina 85). Il nostro commento scientifico: Ah! Ah! Ah!

budget. Dobbiamo supporre che adesso la cifra sia aumentata e che per gli alcolici[28] si arrivi a spendere l'intero stipendio, se non la pensione.

Ciononostante il popolo non lo freghi mica con spiegazioni razionalistiche e infatti di lì a breve la gente mandò cordialmente le stramaledette terme a quel famoso paese che tutti conosciamo e smise di lavarsi per molti e molti anni a seguire. Da qui proviene il famoso saluto augurale tipicamente pskovese (registrato anche dalla spedizione folcloristica) in uso quando si entra in casa altrui: "Che vi schiattino i pidocchi!" Al tempo il paesino cercò di farsi promotore del movimento giovanile pansovietico "*Grooming* reciproco: io lavo te e tu lavi me". L'iniziativa giovanile, però, fu subito liquidata dai vigili organi del KGB. Il *grooming*, come in precedenza, rimase privilegio esclusivo della nomenclatura di partito e, in seguito, di coloro che entravano al Cremlino.

28 In altro modo, ciò che la gente beve, non può esser definito. È ormai lontana l'epoca della vodka casereccia, limpida come l'acqua sorgiva o anche torbida ma con un forte retrogusto di beverone mostoso: siamo entrati invece nell'epoca del ripugnante alcol di importazione, diluito con chissà cosa e miscelato con un deposito di prodotti vinicoli e coloranti chimici. In passato, durante gli anni della perestrojka, durissimi per i bevitori, la situazione era comunque diversa. Un annuncio apparso su un quotidiano il 25 gennaio 1989 recitava: "All'attenzione dei consumatori! Dal 12 al 18 gennaio 1989, per errore del fornitore del centro di rifornimento alimentare della città di Pskov, è stata effettuata, a prezzo maggiorato, la vendita di un rum giamaicano chiamato 'Rio Rata' in bottiglie per acqua con la tessera da vodka del mese di novembre 1988. Invitiamo chiunque l'avesse acquistato a presentarsi dal 24 al 27 gennaio per la restituzione della differenza, dietro restituzione obbligatoria di una bottiglia vuota del suddetto rum giamaicano (che, a scanso di imbrogli, sarà confiscata al consumatore) e del passaporto. Attenzione: il 30 e 31 gennaio saranno messe in vendita le giacenze di rum al prezzo corretto. In seguito alla vendita non saranno più restituiti i soldi."

Dobbiamo riconoscere una verità, seppur banale, ovvero che ogni persona è profondamente diversa dalle altre e che ogni popolo possiede una propria originalità che talvolta crea stupore tra gli stranieri. Una volta mi trovavo in Giappone e mi si avvicinò una giovane ricercatrice di russistica chiedendomi se potessi correggerle un avviso da lei stessa tradotto dal giapponese in russo, che la direzione aveva deciso di appendere all'ingresso dell'edificio che ospitava studenti e ricercatori russi. Ho risistemato la punteggiatura e mi sono preso una copia del preziosissimo documento che tanto dice sulle differenze di mentalità: "AVVISO. *Nei locali di uso comune della nostra casa (in ascensore, in sala, in corridoio, nell'anticamera, per le scale e sui pianerottoli, come anche sul tetto)* È VIETATO*: sostare in gruppo e far rumore, fumare, mangiare, bere in compagnia alcolici, sputare, lasciare in giro rifiuti, urinare, disturbare il riposo degli altri inquilini della casa. Nei vari appartamenti* È VIETATO*: camminare con scarpe da donna (soprattutto se con tacchi) e con stivali (sono ammesse morbide ciabatte da casa), urlare, battere le mani, bussare alle pareti e fare rumore, saltare e battere a terra con i piedi, ballare, cantare con accompagnamento di strumenti o con karaoke, aprire le finestre durante le feste private, disturbare gli inquilini della casa con mangianastri, televisori, radio e simili a volume elevato, passeggiare nelle ore notturne sul balcone e sul tetto, parlare dal balcone con persone in strada, gettare oggetti, rifiuti e mozziconi di sigaretta dal balcone, e anche sputare.* CHIUNQUE VIOLI LE SUDDETTE REGOLE VERRÀ COATTIVAMENTE RISPEDITO IN PATRIA.*" Ditemi un po' voi come farebbe un nostro compatriota a vivere in un posto del genere?*

Negli anni della perestrojka la promessa di smantellare quella maledetta *banja* e costruirne una nuova divenne uno degli slogan elettorali del partito democratico di Bubrovka; come accadeva un po' ovunque durante gli anni dello sfacelo, tuttavia, la vecchia *banja* fu sì demolita, ma i materiali per la costruzione della nuova, ovviamente, se li portarono via gli oligarchi locali. Oggi gli abitanti del paesino frequentano le terme comunali di Porchov, per cui, quando attraversi Bubrovka vedi assembramenti di persone cupe che attendono alle fermate degli autobus con in mano catini e fasci di frasche di betulla per i massaggi. A guardarli da lontano ricordano l'esercito russo alla vigilia della battaglia di Kulikovo, avvenuta la mattina dell'8 settembre 1380, almeno stando a come è raffigurata in un famoso quadro del pittore popolare dell'URSS Klykov (o di un altro imbrattatele aspirante pittore). A riprova della veridicità della storia, la caldaia della *banja* fa ancora oggi bella mostra di sé nel burrone infestato di erbacce appena fuori Bubrovka.

In questo posto una volta è capitata una storia da cani. Le strade del paesino erano state asfaltate da poco: una novità assoluta non solo per gli abitanti – che così non respiravano più la polvere della strada sterrata – ma anche per i loro cani. Le automobili che avevano iniziato a sfrecciare a tutta velocità per quelle stradine di campagna li rendevano idrofobi: allo spuntare di una macchina nel suo territorio, il peloso guardiano con un balzo schizzava per un'imboscata e guaendo come un disperato si lanciava sotto le ruote del veicolo. E lì aveva inizio una vera guerra di nervi sia per il cacciatore che per la preda. Un giorno è capitato anche a me di trasformarmi da re della foresta a stupida antilope-gnu attaccata improvvisamente da un leopardo. Io, però, non tanto per paura, quanto per filantropia (cinofilia), ho frenato di colpo, portandomi sul ciglio della strada. A un certo punto ho avuto la sensazione che il povero cane mi fosse finito sotto la ruota anteriore sinistra. La mia Žiguli si è ritrovata sul ciglio polveroso e noi... dritti nella cunetta di destra. Insomma: per poco non si avverava il sogno della polizia stradale di Pskov, che proprio in quel periodo aveva organizzato il "mese della sicurezza" con lo slogan: "Strade sicure per una miglior vita." Fortuna volle che nella cunetta non c'erano né pietre, né ceppi o alberi,

ma solo terriccio: del resto la strada l'avevano finita da poco. Preoccupati e smarriti, ci tirammo fuori dall'auto mentre il nostro inseguitore, senza neanche mostrare soddisfazione per la vittoria, se la stava vigliaccamente svignando. E in quel momento notammo Ferdinand passarci accanto adagio adagio…

Due parole su Ferdinand. Quando si viaggia, può capitare spesso di incontrare macchine ferme sul ciglio della strada. Esistono vari tipi di "frequentatori del ciglio", per così dire, cioè gente che immancabilmente staziona ai margini di ogni strada del paese. In pole position i mangioni dall'appetito pantagruelico, quelli che rischiano di morire di inedia al volante prima di giungere a destinazione se non imbadiscono una bella tavola sul portello del bagagliaio, spaccando gusci di uova sode contro il paraurti della macchina. Segue poi la popolosa tribù dei liberi pisciatori i quali, sempre in cerca del cespuglio più folto, hanno l'abitudine di attraversare la strada proprio nel momento in cui tu so-

praggiungi a 120 all'ora facendogli pelo e contropelo.[29] *Poi ci sono quelli che se ne fregano beatamente di tutto e di tutti e che, pur sapendo benissimo che la macchina è ormai andata perché i cuscinetti stridono e lo sterzo cigola, si mettono comunque in strada per poi rimanere ore e ore fermi sul ciglio con una ruota che si è staccata e una corda, agitandone eloquentemente un'estremità quasi volessero pescare (come faceva sul mare azzurro il famoso domestico Balda dell'operetta di Šostakovič) un cretino qualsiasi tra gli automobilisti che passano. Casta a parte formano gli idioti persi, quelli che rimangono a secco di benzina a metà tragitto e ti vengono incontro con una tanica di alluminio vuota, sollevata in alto, luccicante sotto i raggi del sole al tramonto: da lontano una figura così fa pensare all'operaio della scultura di Vera Muchina che si è perso la sua colcosiana.*[30] *Il quarto tipo di "frequentatori del ciglio" è quello dei raccoglitori di funghi e bacche, amanti in particolar modo della ricerca spasmodica e silenziosa: non sono lì tanto per fare funghi, quanto per stare sempre con il collo allungato come giraffe e l'orecchio teso verso i rumori distanti della strada perché non si sa mai, magari qualche premuroso automobilista di passaggio gli ruba il parabrezza dalla macchina e poi gli tocca tornare a casa imbacuccati fin sopra il naso nella camicia a quadretti come un combattente palestinese dell'Intifada. Al quinto gruppo appartengono i falsi ispettori di polizia stradale, vili mascalzoni che mettono sul tettuccio o sul bagagliaio del-*

29 E come biasimarli! Lungo la strada si trovano solo profondi canali pieni d'acqua, burroni, macchie spinose e ortiche. Oppure, al contrario, sconfinati spazi desolati, aperti alla vista di tutti per decine e decine di chilometri. In poche parole, come ebbe a dire una coltissima pietroburghese, variando uno slogan propagandistico degli anni '40 del '900: "Grande è la Russia, ma se ti scappa un goccio d'acqua nemmeno un angolino!"

30 Un osservatore attento non avrebbe difficoltà a notare che questi pilastri dell'ideologia sovietica rappresentati in ferro tengono la prima posizione dell'antica danza polacca *krakovjak*.

la macchina taniche di colore rosso o azzurro oppure barattoli di marmellata simili proprio agli affarini lampeggianti della polizia stradale e che, non ancora paghi, girano pure cinicamente attorno alla macchina. E allora tu, non appena scorgi la carogna, cominci a frenare fino ad arrivare a un ragionevole limite di velocità, avvertendo dapprima una scarica di adrenalina e immediatamente dopo un odio feroce, come mai ti è capitato di provare, nei confronti di quelle carogne che disonorano le nostre strade. Esistono ovviamente anche altri particolari tipi di "frequentatori del ciglio" che non rientrano in nessuna delle succitate categorie. A me, per esempio, è capitato una volta di essere testimone di un'originale passeggiatina di cane "in movimento": la macchina procedeva lentamente sulla carreggiata mentre un cane di dimensioni gigantesche se la correva gioioso e felice lungo il ciglio, assicurato a un guinzaglio che fuoriusciva dal finestrino.

Al sesto e ultimo tipo di amanti del ciglio della strada appartengono infine i "rovinati"[31] *come noi, vittime della propria sconsideratezza, imperizia o sbadataggine. Per i "rovinati" più di ogni altra cosa è importante non tanto il ciglio della strada, quanto la cunetta vera e propria: è proprio nelle cunette infatti che solitamente "rovinano" con la macchina e il resto. Da qui il nome della categoria. Non è raro che proprio nelle cunette i "rovinati" trovino anche requie eterna. Grazie al contributo delle tribù sempre più numerose dei menefreghisti e dei "rovinati" (categorie affini per inclinazione) nel giro di breve tempo non ci sarà albero lungo le strade senza che vi sia stato appeso un volante con corona di fiori secchi. Tra l'altro, alcuni volanti sono appesi talmente in alto che potresti quasi pensare non tanto alla morte di un automobilista idiota, quanto all'incauta virata di un ultraleggero. Con l'aumentare*

31 Da non confondere con altra accezione del termine, quello di "fattone", tossico.

delle macchine in circolazione, le curve brusche delle nostre strade somigliano sempre più a veri e propri camposanti. Tre sono i fattori determinanti – geometria delle strade, leggi della fisica che nessuno può annullare, e carenza di materia grigia nella testa degli automobilisti – che contribuiscono all'originale ammucchiarsi in un unico luogo di un'infinità di cenotafi con tanto di foto del deceduto, volanti e talvolta persino sportelli (aperti, per il passaggio a miglior vita).

C'è una cosa importante, però, che vale per tutti: a qualsiasi categoria il "cunettaro" appartenga, come del resto ogni altro essere circolante, prima o poi tutti verranno sorpassati da Ferdinand, misterioso olandese volante delle strade pskovesi. Questo autobus scassato di colore verde, trofeo della Seconda guerra mondiale (come quelli che si vedono nei film di una volta), solitamente si muove a una velocità di 50-60 km all'ora senza, però fermarsi mai da nessuna parte. È capitato che io (dopo una variegata serie di soste, spuntini, rifornimenti, pisciatine, riparazioni, e deviazioni di molteplice natura) abbia superato almeno cinque volte a velocità folle questo Autobus del Destino che procede lento e inflessibile, ma nonostante ciò l'ultima parola rimaneva sempre al suo guidatore il quale, pur non avendo chiaramente fretta di arrivare da nessuna parte, continuava comunque a sorpassarci per quanto veloci potessimo correre, sfrecciare, volare, schizzare a bordo delle nostre fichissime "supercar" nere.

Quante volte, superando Ferdinand, ho tentato di guardare in faccia il guidatore, senza però riuscirci: una volta ero accecato dai raggi del sole che tramontava, un'altra la pioggia batteva sul parabrezza, un'altra la polvere si alzava dal ciglio della strada sterrata, oppure di punto in bianco mi spuntava davanti un pirata della strada che da lontano si accaniva a lampeggiarmi con i fari, e non riuscivo mai a vedere il guidatore. Talvolta avevo l'impressione che al volante del vecchio autobus non ci fosse proprio nessuno; altre magari mi sembrava di distinguere una testa con un berretto a visiera tipo il kokošnik *di un generale dell'esercito russo oppure coronata da un'aureola lievemente sfavillante. Altre volte al di sopra dello schienale mi pareva quasi di scorgere un paio di sci o di ali ripiegate e goffe come quelle di una cicogna. Con il passare degli anni mi sono reso conto che io e Ferdinand andavamo nella stessa direzione… giravamo in tondo e non avrei mai e poi mai potuto superarlo come non sarei mai riuscito a raggiungere l'orizzonte. E a volte (considerato che più spesso lo si incontra sul luogo di un incidente) potresti pensare che Ferdinand raccolga lungo il ciglio della strada le anime infelici e ancora irredente di "rovinati" e gatti che, per loro naturale vanità e smisurata voluttà, sono morti schiacciati sotto le ruote delle automobili…*

Insomma, quella volta Ferdinand, non avendo motivo di fermarsi, passò oltre, investendoci con una colonna di fumo azzurrognolo e di polvere e d'un tratto, come quando cambiano le scene in teatro, spuntò la squadra di soccorso. Fortunatamente, il dramma della caccia al "leopardo", che eravamo noi, era avvenuto sotto gli occhi degli operai della manutenzione delle strade che ci vennero incontro a bordo di un camion. Saltarono giù dal cassone e, messisi subito all'opera, in un minuto riportarono la macchina sulla carreggiata. Quando il caposquadra venne a sapere il perché fossimo "rovinati" lì, bestemmiò e mi diede dell'intelligentone dei suoi coglioni perché avevo avuto pietà del cane ma non di lei, indicando mia moglie, che sedeva a destra e che sarebbe morta per prima. Parlò per aforismi talmente eloquenti e convincenti che d'ora in poi, quando l'agreste "leopardo" ci assalirà, io stringerò forte il volante e guarderò dritto davanti a me… e tutto andrà a finire bene. E vorrei pure vedere! I tempi sono cambiati e adesso è raro incappare in un'aggressione, in un'imboscata; ora sono tutti abituati alla strada asfaltata; adesso i cani intransigenti, alla stregua dei luddisti inglesi, sono stati sconfitti nello scontro impari con il progresso e quelli intelligenti dormono sonni tranquilli sul ciglio della strada, senza prestare attenzione alcuna alle automobili che passano loro accanto.

CAPITOLO 17. POŽEREVICY

Paesino della regione di Pskov molto noto sin da tempi lontanissimi. Una volta qui si trovava la casa paterna del famoso strelizzo pskovese Sen'ka Skunila, che si era guadagnato la fama di omerico bevitore nonché di grande bestemmiatore, non inferiore al sagrestano moscovita Sila Barchatov già noto ai lettori. Di Skunila siamo venuti a conoscenza grazie alla corposa documentazione d'inchiesta su un caso giudiziario del 1700. A quanto pare lo strelizzo Semën Skunila, annebbiato dall'alcol, mentre litigava a Pskov con un traduttore di nome Tobias Meissner, aveva giurato che avrebbe "fatto fuori il sovrano Pëtr Alekseevič".[32] Skunila era stato immediatamente denunciato e si era ritrovato a Mosca nella camera di tortura della sede della polizia politica, al cospetto del principe Romodanovskij in persona, noto per la sua crudeltà. Durante l'interrogatorio Skunila dimostrò che al momento dell'alterco con il traduttore

32 Offendere con espressioni oltraggiose il sovrano (per non parlare della sovrana), in stato di ubriachezza, in luogo pubblico, in presenza di un gran numero di testimoni, con sguardo torvo e dito puntato in segno di minaccia contro una trave del soffitto dicendo: "Guardami! Attenta a te, figlia di puttana!" fu per i russi uno sport nazionale sin da tempi molto antichi. E né la tortura, né il patibolo, né l'esilio erano riusciti a togliere quell'abitudine al popolo. Neanche la Terza Sezione della Cancelleria Imperiale riusciva a trattenere l'imbarazzo di fronte alle tradizionali esorbitanti espressioni usate nei confronti del potere supremo. Una scrittura ufficiale del 1726, per esempio, contiene una denuncia sporta da

vicino a un'impalcatura alle porte di Kromy era talmente ubriaco da non ricordare più nulla. Pietro I, che seguiva personalmente il caso, diede ordine di effettuare un interrogatorio generale (vale a dire di massa) di tutti gli abitanti di Pskov ponendo loro una sola e unica domanda: "Secondo lei Sen'ka Skunila è un ubriacone o no?" (un po' come si farebbe oggi con un "sondaggio di opinione" o in forum di discussione su una chat di internet). Evidentemente Skunila aveva fama di essere un eccezionale consumatore di alcol, persino per gli standard di Pskov: quelli che lo conoscevano – ed erano ben 622 persone! – confermarono: "Senza fallo tutti sanno (cioè: sono assolutamente sicuri – Ja. M.) che Sen'ka è grande ubriacone nonché assiduo biscazziere." *Vox populi* fu decretato il destino di Sen'ka: in luogo della condanna a morte, che in un primo tempo il sovrano gli aveva paventato, a Sen'ka toccò solo una spietata fustigazione e il confino in Siberia.

L'*affaire* del macho Skunila non si è perso nella notte dei tempi: ancora oggi, nello stesso paesino vive la famiglia degli Skunilin, discendenti diretti dell'eroe del 1700, anche se degli avi non serbano memoria. Tra loro il più famoso è Stepan Skunilin, uomo a dir poco nervosetto, come il progenitore, a cui è toccato, volendo essere moderati, un burrascoso e penoso destino. L'attestato di servizio ri-

una ergastolana, tale Stepanida Il'ina, contro alcuni soldati che avevano avuto, in presenza della donna, uno scambio di battute che nel verbale, per la gran quantità di parolacce, era stato "codificato" come segue: "Fottutissima di quella madre, che bordello, né a Mosca né a Pietroburgo c'è nessuno a cui votarsi, ma da lei, dalla sovrana (Caterina I – Ja. S.), ci puoi ire se hai da dire e lei, porca di quella puttana, ti ci sta a sentire; quegli altri, invece, i favoriti, porca troia, che ti fanno parlare?! No, ti tappano la bocca, pfui! Porca troia! E a noi ci tocca vivere in miseria perché lei, puttana la miseria, le terre le ha assegnate ad altri e per giunta anche due o tre a testa, porca troia..." e via dicendo.

lasciatogli sul posto di lavoro per l'ammissione al partito di Žirinovskij recita testualmente: "Durante il lavoro, Skunilin S.I. mostra il suo lato peggiore. Si dimostra poco coscienzioso, viola costantemente le regole della disciplina lavorativa e del vivere collettivo. Si presenta spesso in ritardo e per giunta in stato di ebbrezza. Negli spazi comuni perturba costantemente l'ordine pubblico e impreca; è stato non di rado sottoposto a fermo di polizia, e nell'ultimo anno è stato dentro due volte per un periodo di quindici giorni. Lo scorso anno gli è stato decurtato il 25% dei punti pensione per undici giorni di assenza. Non svolge alcun tipo di attività sociale." Va da sé che con un attestato di servizio di cotanta eccezionalità, il novello Skunila poteva solo essere ammesso in un centro di disintossicazione per alcolisti. Purtroppo di lui non si può dire lo stesso che degli altri ubriaconi: "Non è un uomo perso, è solo scivolato su una buccia di banana." Skunilin per contro è un uomo perso a tutti gli effetti. Di lì a poco si è dato al "serial" (cioè a una serie di "spaccate", come la mala chiama i furti con scasso). Ecco una breve descrizione di quanto Skunila ha rubato nella città di Porchov e nelle dacie limitrofe in una decina di giorni:
Furto 1: prodotti alimentari, stoviglie, radio marca Meridian, trapano elettrico, orologio da tavolo, barometro, statuetta di divinità indiana, strumenti, biancheria da letto.
Furto 2: prodotti alimentari, cuscini e federe, televisore marca Record, tende, set di stoviglie, composizioni decorative di fiori secchi in cesta, aspirapolvere, due ruote di automobile, abito da uomo, camicie.
Furto 3: icona di santo sconosciuto, copertina, pullover, biancheria da letto, orologio, otto elefantini di marmo, carne di maiale stufata e pesce in scatola.
Furto 4: televisore marca 'Rassvet', ferro da stiro, prodotti alimentari, bidet di ceramica, cuscini, giochi per bambini.

Furto 5: prodotti alimentari, cuscini e federe, calze da donna fatte a mano dalla padrona di casa, detersivo Lotos.
Furto 6: (nella casa della signora Prostak) coperta, salopette da sci, maschera per *snorkeling*, pinne, camicetta da donna, guanti di gomma.
Furto 7: una teiera smaltata, vari shampoo, un coltello da tavola, un sapone, lenzuolo copripiumino per bambino, lampada da tavolo, copia del quadro di I. Repin *Processione nella provincia di Kursk*.
Furto 8: icona di Maria Madre di Dio, lume votivo in vetro, bottiglia di olio per lume, cartina dell'Africa del Sud, cibo in scatola, prodotti alimentari.
Furto 9: prodotti alimentari, giocattoli, fotocopie del libro *Il dono* di V. Nabokov in due tomi, calzini.
Furto 10: un orologio da polso marca Elektronika-5, acqua di Colonia, crema da barba, uno shampoo, diploma di laurea del Politecnico di San Pietroburgo a nome di Petrov I.V.
Furto 11: icona della Trasfigurazione, prodotti alimentari, ingranditore per foto, tritacarne.
Furto 12: set di barattoli da cucina in metallo, prodotti alimentari, macchina da cucire Singer.
Furto 13: autoradio e posacenere, prodotti alimentari, collare da cane, cartucce, certificato di combattente della VOCHR a nome di Sergeev M.V.
Furto 14: dieci libri sull'allevamento dei conigli, una cartina dell'URSS, prodotti alimentari.

Più avanti, nell'articolo sulle irruente "spaccate" di Skunilin si legge: "Il già citato cittadino ha commesso i reati semplicemente introducendosi nei locali attraverso accessi aperti o scassinando serrature. Ha infilato la merce rubata in zaini, valigie e fagotti consegnandoli poi all'ufficio bagagli di Pskov con l'indirizzo 'Deposito oggetti smarriti. Ritiro in fermoposta' con l'intenzione di lasciare la regione e dileguarsi. Grazie alle abili operazioni degli agenti delle forze dell'ordine, però, l'attività criminosa del 'ladro in trasferta' Skunilin è stata intercettata e bloccata."

Su un pezzo di compensato attaccato a un palo nei pressi di una casa dello stesso paesino è stato scritto a mano un annuncio. Il testo, inspiegabilmente, cambia: talvolta c'è scritto "conigli", talaltra "paperotti". Evidentemente lì vendevano quelle dolci creature a seconda delle figliate. Fu notato che se al mattino appare la scritta "conigli" il tempo sarà immancabilmente brutto, nuvoloso; se invece si trova la scritta "paperotti", la giornata sarà calda e soleggiata. Aguzzando bene la vista, sulla tavoletta si riescono persino a leggere le temperature. In realtà i signori, che hanno smesso di vendere i dolci animaletti ormai da tempo, non sono più in grado di cambiare la scritta: ogni mattina appare sulla tavoletta indipendentemente dalla loro volontà. E la mattina la gente non ascolta più la radio, ma va a leggere sulla magica tavoletta le previsioni per la giornata: e meno male che è appesa sulla strada che porta a una bottega a cui è necessario recarsi ogni giorno per poter sopravvivere.

Le botteghe di campagna meritano solitamente una trattazione a parte. A volte ci vado anch'io quando ho voglia di un gelato o di una bottiglia di acqua Chilovskaja fresca. Lungo le pareti del locale buio, impregnato di odore di aringa salata piccante, di pane e sapone casalingo, c'è una panca. Su di essa, una accanto all'altra, sono sedute delle indigene, amiche di una Brunilde locale con tutte le carte in regola: alta e possente, spalle larghe, seno giunonico e un bel viso, commessa in camice azzurro impegnata a pesare panpepato duro come la pietra in un enorme cono di carta grigia, ormai introvabili in ogni altra zona della Russia. La commessa e il suo fan club ci danno di chiacchiera, grac-

chiano e tagliano e cuciono vestitini per tutti. Parlano tutte assieme ma riescono a capirsi perfettamente e, come cantanti nei recitativi e collettivi d'opera, non si confondono l'una con l'altra. L'apparizione di un villeggiante della domenica rappresenta circostanza talvolta inattesa per le signore del locale che per qualche istante si azzittiscono e osservano il nuovo arrivato con la curiosità ingenua delle cornacchie e dei bambini. Capitano anche episodi simpatici. Una volta, entrando in una bottega, mi sono trovato davanti due membri della congregazione che si provavano un paio di mutandoni da donna color lilla e pesca: la scena ha messo me in leggero imbarazzo ma non ha per nulla turbato le campagnole ammiratrici di Versace, tutte prese a commentare animatamente il capetto appena acquistato.

Una volta sono persino arrivati dalla stazione meteorologica di Pskov per prelevare la tavoletta e portarla al Centro a fini di studio (in realtà, con l'intenzione di usarla), ma non sono riusciti a staccarla dal palo. In epoca sovietica un gruppo di teppisti di Dedoviči tentarono di tirarla via ma, come dicono le vecchiette del posto, "un lampo li ha schioppiati tutti all'istante." Adesso la gente le fa la guardia e non permette a nessuno di avvicinarsi, neanche agli scienziati, seppure nel secolo dei satelliti meteorologici orbitanti l'importanza del fenomeno sia visibilmente scemata.

Il quotidiano "Znamja truda" ha reso noto un altro curioso episodio avvenuto nello stesso luogo e anch'esso legato alla tecnologia: "Il caposquadra del kolchoz Trudovik, tal Krutanov A.E., in stato di ubriachezza, utilizzando il baracchino da lui stesso istallato in casa, si è espresso in termini sconci e volgari all'indirizzo dell'amministratrice del kolchoz. In seguito a questo comportamento, la controllora delle trasmissioni radio del kolchoz Trudovik è stata costretta a scollegare la stazione radio centrale e a bloccare il collegamento del vandalo. Il Tribunale popolare circoscrizionale ha chiamato Krutanov a rispondere in sede di responsabilità amministrativa con un'ammenda di 50 rubli." Si dice che le onde radio lascino la terra e si dirigano nello spazio aperto e forse tra un centinaio di anni, su una stella di Alfa Centauri, qualcuno riceverà il messaggio radio di A.E. Krutanov e verrà a conoscenza di molte cose interessanti sull'amministratrice del kolchoz Trudovik, sulla di lei madre e sui vari organi vitali dell'amministratrice, nonché dello stesso Krutanov A.E.

CAPITOLO 18. ABONEŽKA

Qui invece si trovava la casa paterna del vecchio saggio Fouras, protagonista del gioco televisivo *Fort Boyard*. Non si sa molto sulla sua vita ma si vocifera che un certo Furaev, ex *polizei*, fuggito in Occidente, e la star dello show televisivo francese, siano la stessa persona. Nel paesino di Abonežka è sepolta la nonna, Feodora Furaeva, per gli amici Fofud'ja: il nomignolo deriva dall'*efod*, antico paramento realizzato con preziosi tessuti bizantini di cui si parla in remote iscrizioni su corteccia di betulla. Prima della rivoluzione, per tutto il circondario di Porchov, Fofud'ja, giunta in quei luoghi dalla Polonia al seguito della setta dei cosiddetti Panciagonfia oppure, per dirla in termini più scientifici, sacri adepti del meteorismo, si conquistò la fama di grande scorreggiona. Come si è successivamente scoperto, la setta, che recitava salmi non ortodossi, fu perseguitata per decenni dalla chiesa ufficiale e dal potere zarista. Tra parentesi, l'organista ceco Jan Mareš – che negli anni '50 del '700 partecipò spesso alle adunanze dei Panciagonfia – ebbe proprio in quell'occasione l'idea di creare il famoso ensemble di corni al quale prese immediatamente e indefessamente a dedicarsi il mecenate Semën Naryškin.

Fatto sta che la setta fu dispersa, mentre i rudimenti del già citato antichissimo culto pagano da qualche parte si conservarono. Alla vigilia della festa dell'Esaltazione della Santa Croce (27 settembre) ad Abonežka terminavano la trinciatura dei cavoli verza e la raccolta delle rape: il 26 settembre era detto il giorno della rapa o di San Cornelio.[33] La sera della festa dell'Esaltazione i giovani del paese, invece di radunarsi in casa o in strada, organizzavano i cosiddetti "kapustniki"[34] o "serate del bel canto intestinale". Quel giorno, su indicazione dei ministri dello pseudoculto, con l'ausilio dei sacri rumori era d'uso allontanare gli spiriti maligni che facevano ritorno nelle calde case dei contadini dai pascoli estivi e dai comprensori boschivi dove d'estate avevano disorientato i cacciatori e tormentato con il solletico le raccoglitrici di bacche.

Dopo essersi ingozzati di panzerotti ripieni di cavolo e rapa stufata, i giovani del paese si dividevano in piccoli gruppi sfidandosi a tre prove. La prima se la aggiudicava chi, scoreggiando, riusciva ad appestar tanto l'aria che tutte le galline in cova, rimaste intossicate, cadevano giù dal posatoio. Nella seconda prova vinceva chi emetteva dal deretano una fiammata di tale intensità da permettere al giudice di gara, seduto a debita notevole distanza, di leggere il titolo di un articolo della "Gazzetta di Pskov" (in seguito rinominata "Pravda di Pskov" e oggi tornata "Gazzetta di Pskov"). In questo caso grande importanza aveva il cosiddetto "accensore", vale a dire l'assistente che dava fuoco al getto di acido solfidrico in

33 Tra gli anziani esisteva il detto: "A San Cornelio la rapa caccia se non vuoi che faccia una finaccia."

34 A titolo informativo: il "kapustnik" fu l'antenato di rappresentazioni dilettantistiche assai popolari in epoca sovietica, una sorta di metaforico dito medio alzato contro il regime da parte degli studenti.

uscita dal corpo, soprattutto in un'epoca in cui non si disponeva ancora dei moderni accendini, tanto meno di fiammiferi, ma ci si serviva, con grande virtuosismo, di frasche e acciarino. La donzella Fofud'ja si aggiudicava sempre la terza prova che, in memoria del teutonico burlone Till Eulenspiegel, potremmo denominare dell'"urlo non per bocca": Fofud'ja, alias Feodora Furaeva, articolava nitidamente il proprio soprannome, facendo seguire nome e cognome.

Gli invidiosi sostenevano che la donzella-meteorista avesse gioco facile per via della semplicità e, se così possiamo dire, delle specifiche peculiarità fonetiche del proprio nome e cognome, nonché del soprannome. Come è tipico degli invidiosi, però, essi tacevano il fatto che Fofud'ja non si limitava a questo ma "articolava" una gran quantità di parole sconce e vere e proprie ingarbugliate imprecazioni, per la maggior parte rivolte proprio contro quelle stesse malelingue. Nel 1903 si dice avesse partecipato a un concorso internazionale del genere nella città di Gand (nota proprio per i suoi eccellenti meteoristi) aggiudicandosi il terzo posto solo perché, non conoscendo le lingue straniere, non era riuscita ad articolare abbastanza chiaramente la frase che le era toccata in sorteggio, vale a dire: "La nuit tous les chats sont gris." Successivamente Fofud'ja imparò il francese e lo insegnò addirittura al figlio. L'anno successivo, il 1904, conquistò il podio in una gara organizzata nell'ambito della manifestazione "Salone panrusso della produzione artistico-industriale delle fabbriche e dei mestieri patrii", tenutasi a Nižnyj Novgorod. Poi però scoppiò la guerra imperialistica, la rivoluzione, e la patria non ebbe più bisogno di quell'insolita arte, sebbene già intorno al 1913 si fosse costituita una Società panrussa dei meteoristi e il suo coro polivocale avesse interpretato dalla prima all'ultima parola l'inno imperiale *Bože, carja chrani!*, Dio preservi lo zar e, a seguito della rivoluzione del febbraio 1917, la Varšavjanka. Solitamente i concerti si tenevano all'aperto giacché, come nel caso di un'orchestra di corni, era consigliabile ascoltare i meteoristi a una distanza di non meno di un centinaio di *sažen*. Dopo il 1917 molti meteoristi lasciarono il paese. Tra cui anche i parenti di Fofud'ja. Quest'ultima, invece, finì i propri giorni nel paesino natio lavorando nel kolchoz costituito nel 1929 e chiamato "Comune dei figli del grande bisogno". Il potere sovietico perseguitò senza alcuna pietà i meteoristi, considerandoli oppositori del regime, e la loro antica arte finì per smorzarsi quasi definitivamente. Negli ultimi anni, comunque, il paesino ha visto arrivare sempre più numerosi appassionati di antiche tradizioni pskovesi che vanno di casa in casa chiedendo agli anziani di insegnare loro i fondamenti di quella pratica proibita ma sempre viva tra il popolo, sognando di poter organizzare un giorno il primo festival panrusso di autoaccordatura e messa a punto sotto

l'egida della NSRM (Nuova Scuola Russa di Meteorismo) all'interno dell'annuale festival russo-bielorusso SB (Slavjanskij Bazar).

CAPITOLO 19. KRIVCY

In questo paesino nel XIX secolo viveva un modesto contadino pskovese di nome Efim Petrov. I geni del vero scienziato ribollivano in lui ma non avevano potuto esprimersi appieno a causa del regime di sfruttamento dei proprietari fondiari e dei capitalisti imperante a quel tempo. A ogni modo l'animo di Petrov apparteneva indiscutibilmente alla scienza sperimentale. Per decenni si dedicò con estrema serietà a osservazioni scientifiche, elaborando con dedizione i dati via via ottenuti, inviandoli poi regolarmente ai bollettini di una tal Società perché li pubblicassero. Efim Petrov non ottenne mai alcun riconoscimento per il suo lavoro sistematico, scrupoloso, nonché rischioso per la salute. Eseguiva esperimenti, osservazioni e rilevamenti esclusivamente per amore delle scienze sperimentali o, come si legge in un decreto del presidente di quella Società e grande principe (il cui nome non ci è pervenuto), "per il desiderio di contribuire nel suo piccolo e in maniera del tutto disinteressata allo sviluppo della scienza e di supportare l'organismo centrale per il quale prioritaria è la prosperità dell'Impero russo". Solo cinquant'anni dopo l'inizio dell'attività colma d'abnegazione del contadino-scienziato, le autorità finalmente ne segnalarono i meriti. Il sovrano inviò una relazione al governatore di Pskov contenente la seguente disposizione: "Faccio pervenire al bravo cittadino il mio grazie!" e Petrov fu immediatamente insignito di una medaglia d'argento "allo zelo" dell'Ordine di San Stanislao e di un diploma d'onore della Società. E solamente nei primi mesi del 1917, alla vigilia della disfatta del regime autocratico, ricevette la medaglia d'argento "allo zelo" dell'Ordine di San Vladimiro, la più alta onorificenza per un popolano, onorificenza che però non trovò l'eroe. Nel 1918, in compenso, a trovarlo fu il Comitato di salute pubblica (servendosi proprio dei documenti onorifici giunti a vuoto a Porchov). Dalla città arrivò un'unità di čekisti intonando un canto rivoluzionario:

Il mondo intero sfavilla,
Già il borghese vacilla
Fuoco... e non resta più nulla!
Il partito è il padre nostro,
Il movimento femminile è la madre nostra
Fuoco... e non resta più nulla!

Arrestarono Petrov e lì nell'aia, "per l'esemplare adempimento dei suoi doveri di servo dello zarismo" (così recitava testualmente la condanna), lo fecero fuori seduto sul suo stesso cesso o, come era di moda dire a quel tempo, "lo mandarono a far compagnia al generale Duchonin", gli fecero la festa, insomma, distruggendo anche tutti gli ingegnosissimi strumenti e marchingegni da lui creati.

Oggi, a distanza di ottant'anni, gli abitanti del posto sono giustamente orgogliosi del loro compaesano. Durante la perestrojka si erano messi in testa di erigere un busto di Petrov che nulla avrebbe avuto da invidiare a quelli di Čerepanov o di Kulibin, e a tale scopo avevano pensato di utilizzare un aiuto umanitario giunto direttamente dal Belgio, dal blocco NATO. L'operazione, però, subì un ritardo – a cui seguì un imprevisto scialacquamento e sperpero in bevute del suddetto aiuto umanitario[35] – poiché non era stato conservato alcun ritratto del modesto operatore scientifico, sorte toccata anche a molti altri materiali del suo archivio. Le testimonianze sopra riportate sono state tratte da stralci di documenti di nessuna utilità nella vita contadina, ritrovati casualmente in casa di alcuni vicini e di una "disposizione" senza capo né coda, dall'ortografia databile a prima della rivoluzione. Questi documenti mezzi polverizzati, però, non chiariscono completamente il punto principale, vale a dire: di quale branca della scienza si occupava lo scienziato popolano? botanica forse? genetica? meteorologia? etnologia? o altro? Nel villaggio in cui visse oggi abitano numerosi immigrati che rife-

35 Il primo anno in cui prendemmo casa a Bol'šoe Kivalovo, nell'estate del 1991, vedemmo un trattore con rimorchio sfrecciare gagliardamente attraverso il paesino in direzione del lago, stracarico di abitanti di Zareče rimasti senz'acqua. Quando chiedemmo dove stessero andando, gli indigeni, con un gesto di sconforto della mano, risposero a mezza bocca: "Eh, andiamo a berci l'aiuto umanitario." E difatti nel giro di qualche ora il trattore, con vacillante andatura, riattraversava il paesino trascinandosi dietro il rimorchio-chiatta dal quale spuntavano facce rosse e accalorate e sul lago si diffuse una canzone: *Cosa sogni incrociatore Aurora?* E in quel momento mi venne in mente il viso commovente e teso di un carissimo professore americano, amico devoto della democrazia russa, il quale, magari proprio in quel preciso momento, era seduto nel proprio ufficio di Washington e firmava l'ennesimo assegno per il sostegno della democrazia e delle sbornie dei russi.

riscono di aver saputo dai loro predecessori, deportati in Siberia nel 1930, che Petrov non faceva che misurare, contare, annusare e, soprattutto, osservare sempre qualcosa che rimaneva un mistero per tutti gli altri; inoltre era di carattere severo ed esigente, di pochissime parole, portava sempre camicie linde e stivali tirati a lucido, non fumava e spesso si metteva seduto alla finestra a pulire con gran cura la sua medaglia da petto con un pezzetto di gesso.

Neppure le ricerche negli archivi dell'Accademia delle scienze e presso la Società geografica russa hanno dato risultati. Alcuni ipotizzano che Petrov coltivasse piante di kiwi[36], altri invece che avesse inventato un motore perpetuo che, per la precisione dell'esperimento, aveva continuato a funzionare per cinquant'anni all'interno di una baracca (come l'eroe di Andrej Platonov), ma fu poi fatto brutalmente a pezzi dai nuovi unni nel 1918. Beffeggiatori e cinici sostengono che per oltre mezzo secolo Petrov aveva misurato l'alcol bevuto dai compaesani e dopo aver ottenuto da quei lunghi rileva-

36 Fino a tempi recenti il kiwi era frutto poco conosciuto, tanto da noi quanto in Europa; adesso invece cresce rigoglioso in tutti i paesi del Mediterraneo. Ricordo un episodio di cui fui protagonista alla fine del 1988 a Honolulu, dove, quasi per magia, a bordo di un aereo-tappeto volante della vecchia compagnia aerea Panam, mi condussero i benefici venti della perestrojka per partecipare a una conferenza. In aeroporto, al momento di lasciare le magiche Hawaii, mentre mi apprestavo a passare il controllo doganale assieme ai colleghi della delegazione sovietica, all'improvviso udii alle mie spalle l'ululato di una sirena: il biodetector aveva bloccato i due colleghi dietro di me. Vidi poi che dalle tasche estraevano dei teneri topolini di colore grigio-marrone (tali almeno mi sembrarono) e dopo una breve discussione con il doganiere, con mio grande orrore e disgusto, iniziarono di punto in bianco a mangiare (come fece l'eroe del racconto di Panteleev, *Il pacchetto*) velocemente e avidamente i corpi dei disgraziati roditori hawaiani... Di lì a poco scoprimmo invece che i ricercatori sovietici avevano cercato di portarsi via alla chetichella – a detta loro come presente per i figli del Paese dei Soviet

menti dati di interesse sociosanitario, aveva distrutto tutti i documenti mettendosi egli stesso a bere per affogare angoscia e dolore avendo visto con i propri occhi il baratro che si stava spalancando davanti alla Russia. Poco tempo dopo la Russia ci precipitò dentro portandosi dietro tutti i suoi grandi prìncipi, gli ignoti operatori scientifici, i kiwi e i motori perpetui...

Una cosa però la raccontano giusta: nel difficile momento delle dure prove imposte dalla rivoluzione, poco prima del tragico trapasso, Petrov realizzò il cosiddetto "smorzamozziconi", vale a dire un foglio di latta (5x5 cm) arrotolato a cono, conveniente tanto alla *pajita* della dama di società, che poteva in tal modo spegnerla evitando interminabili strazi e funesti danni, quanto al sigaretto fatto a mano, detto anche "zampa di capra", del semplice contadino. Grazie all'invenzione di Petrov, *pajita* e "zampa di capra" potevano così essere successivamente riutilizzate, costume assai diffuso al tempo, sotto forma di "cicca". Da qui, il secondo nome

– il frutto esotico sconosciuto dalle nostre parti; colti in flagrante dal biodetector, avevano però pensato bene ("e che buttiamo via due verdoni così?!") di mangiarsi seduta stante i disgraziati frutti, crudi e senza neanche spellarli. E ricordo poi che una volta a bordo dell'aereo, riavutomi dal piccolo shock, chiesi a uno dei due divoratori di kiwi se per caso non avesse voluto portare nell'intestino, come fanno i tordi e i corvi migratori, qualche semino della tanto smaniata ed esclusiva piantina nell'amata e lontana patria. Lo scienziato kiwofago (o anche kiwologo) non colse la battuta e si limitò a singhiozzare. Tra l'altro si sa che in Sudamerica le principali varietà di uva francese sono state "esportate" con le medesime modalità e adesso possiamo goderci i favolosi vini cileni e argentini, cosa che proprio non va giù agli spocchiosi produttori di vini della Champagne e della Languedoc. A proposito, c'è una cosa strana sui kiwi: se ti giri bruscamente verso un vaso piantato a kiwi, magari per qualche secondo, potresti accorgerti che hanno minuscole zampe rosa con le quali si grattano di continuo: evidentemente anche la loro peluria attira le pulci.

dello strumento, "salvacicche". E insomma, nel 1917 anche noi finimmo tutti in un enorme cono salvacicche! Tra parentesi, durante gli anni della perestrojka, quando reperire roba da fumare divenne un problema, la gente cominciò a reclamare lo smorzamozziconi-salvacicche modello Petrov più di quanto non avesse fatto nel caso del busto. Un barattolo da mezzo litro di cicche belle pulite e non schiacciate modello Petrov poteva venire a costare al mercato il doppio di una qualsiasi scatola di normali ciospe consumate. E, come tutti sanno, il mercato non mente anche se è un mercato in embrione!

CAPITOLO 20. SOROKINO

Entrando a Sorokino, sulla sinistra, in una rientranza della strada, sono visibili le rovine di un ospedale psichiatrico. Il luogo è ormai vuoto e le rovine stanno ricoprendosi sempre più della giungla di un'erbaccia velenosa alta tre metri, della famiglia delle ombrellifere, l'Heracleum.[37] All'inizio degli anni '80 del '900 l'ospedale fu attivato d'urgenza con il nome di Struttura 01624 per ricoverarvi e curare l'accademico Sacharov, e contemporaneamente fu secretato; quando però confinarono lo scienziato a Gor'kij, si decise di trasferire lì un gruppo di malati dalla clinica Kaščenko, a bordo di uno dei vecchi autobus prodotti a L'vov, sia per far loro cambiare aria sia per non sprecare la nuova casa di cura. Giunti a Porchov,

37 Altrimenti noto, in russo, come "borščevik" – la cicuta con il cui succo tanto tempo fa, per volontà degli pseudodemocratici di Atene, fu avvelenato il filosofo Socrate – o "Vendetta di Stalin", dal nome del tiranno che introdusse questa coltura nei paesi del blocco socialista come cibo ideale per il bestiame da allevamento.

l'autista e l'inserviente sanitario amico suo andarono a farsi una birretta, rimasero bloccati in fila davanti al chiosco (in epoca sovietica, come tutti sanno, anche comprare una schifosissima birra annacquata di marca Žigulëvskij poteva rivelarsi un vero problema giacché si rischiava di restare in piedi per ore davanti ai chioschi con un barattolo da mezzo litro in mano: sul finire dell'era socialista erano spariti anche i boccali di vetro), e al ritorno si accorsero che l'autobus era vuoto: i matti erano riusciti ad aprire lo sportello posteriore e si erano dispersi per la città. Cosa fare? Pensa e ripensa, alla fine ai due amici venne l'idea di andare alla stazione degli autobus e dare una voce alla folla di gente sfinita dalle lunghe attese delle corse di linea: "Qualcuno per Sorokino? Su che vi diamo uno strappo noi!" L'autobus si riempì come un uovo; alcuni scesero durante il tragitto, ma i due riuscirono comunque a portare la maggior parte dei passeggeri fino all'ospedale psichiatrico e, al momento di entrare, l'inserviente sanitario, senza farsi sentire, avvertì il personale di servizio che a bordo avevano i matti più agitati e violenti di tutta Pietroburgo e provincia, che sicuramente avrebbero accampato diritti sostenendo di non essere per niente matti e soprattutto che, senza ma né però, avrebbero preteso indietro i soldi del viaggio e sporto reclamo per iscritto. Ovviamente non bisognava credergli e non era neanche il caso di dargli carta e penna. Le cartelle mediche di quei miserabili attaccabrighe dalla querela facile, usciti di senno per il gran dentro e fuori dagli istituti di cura e per i reclami scritti al Comitato centrale, al Consiglio mondiale per la pace, all'ONU e via dicendo, le avrebbero portate con la corsa successiva, quando sarebbe arrivato il gruppo di punta dei Napoleone e degli Stalin, accompagnati dalla segretaria e dal medico primario.

Per farla breve: tempo di vederci chiaro e mettere ordine, di distribuire tutti nelle varie corsie, di lavare, vestire e sfamare gli "attaccabrighe" scalcianti, si era fatta sera e la mattina seguente, di buonora, l'autista e l'inserviente se la svignarono a Leningrado. Solo più tardi la polizia cominciò a riportare i veri matti, ex inquilini della clinica Kaščenko, acciuffati in giro per Porchov. Quando si venne a sapere come erano andate effettivamente le cose, non tutti i matti illegalmente catturati furono rilasciati subito, giacché c'era il timore che alla vigilia dell'ennesimo "vertice" dell'URSS qualcuno avrebbe di nuovo lanciato accuse di violazione di massa dei diritti civili sanciti dal Trattato di Helsinki. La notizia, comunque, trapelò dalle pagine della "Cronaca degli avvenimenti correnti" e divenne oggetto di inchiesta da parte della Commissione di vigilanza dell'ONU sul Trattato di Helsinki, nonché tema di una trasmissione radiofonica della BBC condotta dal russo Anatolij Maksimovič Goldberg i cui commenti al tempo facevano sempre grande scalpore.

Sorokino rappresenta una pagina importante della storia della Russia. Proprio qui, nel corso del suo celeberrimo viaggio in Novorossija e Malorossija del 1787 si fermò, in un padiglione da campo, l'imperatrice Caterina II con il suo fulgido seguito. In una locanda le fu preparata una gustosissima zuppa di tartaruga di cui parla anche Garnovskij in una nota del suo diario. In quell'occasione Caterina ricevette e salutò le mogli di possidenti, emozionatissime e sfarzosamente agghindate, alle quali era stato comandato di presentarsi al cospetto della sovrana dalla città di Novoržev – nuovo capoluogo di distretto di recente nomina per volontà della stessa zarina – e dai possedimenti limitrofi per renderle omaggio. Alle dame furono offerte le celebri ostriche portate dai corrieri direttamente da Ostenda. Le possidenti raccontarono che, al momento di mangiarle, le ostriche strillarono, cosa che le sconvolse talmente da dar loro il voltastomaco. Persino molti anni dopo, al tempo di Puškin, tutto il distretto di Novoržev continuò a ricordare il banchetto offerto da Caterina (oltre all'epopea di Emeljan Pugačëv). Ricerche archeologiche hanno confermato i racconti sul convivio a Sorokino: gli scavi realizzati dall'Ermitage di Stato negli anni 1935-1937, seppur interrotti improvvisamente dall'NKVD a causa di una denuncia a carico del coordinatore della spedizione, riuscirono comunque a portare alla luce una serie di preziosi reperti, tra i quali meritano di essere ricordate una gran quantità di conchiglie di ostrica e alcune speciali forchettine d'argento. I reperti furono tenuti al sicuro nei magazzini del museo fino al 1991, quando cioè la democrazia non ne autorizzò l'esposizione in una mostra su Caterina II.[38] In quel momento un gruppetto di businessmen patrioti ed epicurei, in memoria dell'episodio, presentarono il progetto per l'apertura, a Sorokino, di un Oyster Bar chiamato Caterina la Grande, e di Mont Saint-Michel, un supermercato di pesce e frutti di mare. Il progetto però si infognò per mancanza dei finanziamenti necessari alla costruzione della pista di atterraggio per gli aerei che avrebbero dovuto trasportare le ostriche dalla Normandia. La situazione si inasprì molto a causa del sempre maggior riflusso di capitali all'estero, verso paesi più vicini alle ostriche.

In passato Sorokino aveva fama di essere impraticabile e inospitale, e tra la gente era noto con l'altisonante appellativo di Corno dei coglioni.[39] Ovviamente in occasione della regal visita, il luogo fu dotato di ogni servizio, fu costruita una strada maestra, eretta una stazione di posta e ripulita la ramaglia secca che ricopriva un'ampia radura ai margini del bosco, perché gli illustri viaggiatori potessero sistemarvi il proprio tendone. E così la sovrana, preparandosi ad

38 Caterina II e Joseph II: impossibile cambiare il luogo d'incontro. San Pietroburgo-Vienna, catalogo della mostra, SPB, 1991, pagina 18.

39 *Vedi* RGADA, Fondo 210, Inventari dei Landraty, op. 1, d. 166, l. 132. Se si hanno a cuore verità e credibilità, non si possono trascurare i toponimi storici. Grazie al lavoro di quel grandissimo uomo ed esperto di archivi che fu A.I. Gamajunov, è stata raccolta una collezione di toponimi russi risalenti al XVI e XVII secolo, che presenta veri e propri capolavori a testimonianza dell'inestinguibile senso dell'umorismo e del realismo del popolo. Nel distretto di Vologda esistevano paesini chiamati Gran Gatto Perso e Buonafemmina, Vaso di merda (proprietà del monastero greco di San Nicola), e anche Cazzinpelle e Barzotta, nel distretto di Galič; Grancappella, ubicato nel territorio di Žary del distretto di Jaroslav; e ancora Pirlotto, Castigator di checche. Spettacolosi sono gli esempi dei paesini di Cazzincazzello, Scoreggiosa e Straloffa, come anche il paese di Ficazza (nel distretto di Galič). Famoso è il prato del Grantroiaio sotto Suzdal', come anche il camposanto delle Chiacchierone, la brughiera di Cacarello, i torrenti Fichetta ("...anche i borghi Mužilovo e Ugrimovo si affacciano sul tor-

accogliere gli ospiti sotto il grande tendone bianco, di fronte a uno specchio si misurava un collier con un enorme diamante giallo chiamato "Principe Potëmkin" giunto direttamente da Golkonda. Era il diamante più grande al mondo: nulla a che vedere con l'Orlov o il tanto lodato Rubino del Principe Nero custodito nella *Tower of London*! È risaputo che la sovrana attribuiva grande importanza all'impressione che ella stessa faceva sui propri sudditi (in altre parole: ce la metteva tutta per vendersi bene), e aveva pertanto ritenuto che anche lì, in quel recesso sperduto della regione di Pskov, fosse necessario presentarsi agli occhi dei novorževesi in tutto lo splendore del potere imperiale. O forse Caterina desiderava semplicemente mettersi un po' in tiro davanti all'imperatore austriaco Franz-Joseph II il quale, proprio in quel momento, era partito dalle proprie terre per incontrarla.

Bastò, però, che il segretario di Stato Bezborodko distraesse l'imperatrice per un solo istante, sottoponendole un incartamento sul di lui dicastero che esigeva l'indifferibile attenzione della sovrana, che

rente, sul Fichetta"), Fregoletta ("proprio lungo il corso della Fregoletta" del distretto di Nižegorod), lo Scafato ("...tutti i territori confluenti su quel terreno incolto corrono lungo il fiume Molodilicha sino alla foce dello Scafato" nel distretto di Zvenigorod), la palude Cazzola nei pressi di Nižnij Novgorod, il lago Granpalla con l'omonima isoletta nel mezzo nel distretto di Ustjug, i villaggi nati da bonifiche territoriali Infinocchiato e Inficato (distretto di Vjazemskij). Nei registri fondiari esiste una nota su una proprietà fondiaria che recita: "Dalla foce, lungo il fiume Senin e fino al Contaballe." Quest'ultimo toponimo non è stato ulteriormente identificato e non si sa se si tratti di un comprensorio naturale, di un monte o di un acquitrino. La scienza non è in grado di stabilirlo. Resta il fatto che nel territorio di Vladimir, luogo di origine dell'autore di questa nota, dovevano vivere degli svergognati più unici che rari. Nel distretto di Vladimir il compilatore di registri fondiari di zona, Jakov Vel'jaminov, e il copista Fëdor Andreev, nel 1592-1593, registrarono "i villaggi di Scopacchieto e Chiavatella lungo il fiume Monella a monte del Minchiola".

quando ella tornò allo specchio, del collier non rimaneva più traccia alcuna! Sparito! Nella rivista di corte scrissero che a rubarlo era stata la gazza Soroka. E si sa quanto quei volatili siano invero assai ghiotti di tutto quello che luccica, tanto che alle volte non puoi permetterti di lasciare incustoditi neanche un paio di occhiali o un orologio o un sapone perché è sicuro che se lo rubano.[40] Insomma, scoppiò il panico. Per la ricerca fu mobilitato l'intero corpo di guardia, nonché i sudditi di tre governatorati limitrofi ma, per quanto cercassero il diamante in lungo e in largo, nei boschi, nelle paludi (lì, tra l'altro, c'era anche la Laguna della Ripassata di cui in apertu-

40 Un'estate attraversai di corsa tutto il paesino inseguendo una gazza – perdendo anche una scarpa – la quale, volando lenta e quasi rasoterra, si stava portando via la mia piccola torcia elettrica, tenendola per la lunga cordicella. La torcia toccava quasi terra, impigliandosi, ma la ladruncola, nonostante fosse ormai allo stremo delle forze per il gran peso, rimaneva comunque testarda ed esaltata. Ahimè non riuscii ad acciuffarla: il rilievo del terreno cambiò e, nel tempo che impiegai ad aggirare una fossa e alcuni cespugli, l'insolente ladra di torce era riuscita a nascondersi nei campi. E quale sofferenza è stato vedere, mentre sguazzavo nell'acqua, quella stessa sfacciata dal petto biancopiumato portarsi via tranquilla i miei adorati occhiali italiani (nonché gli unici che avevo con me!), che con tanta cura avevo sistemato su una panchina del lungolago.

ra), fu tutto inutile: nient'altro che mirtilli palustri, mirtilli rossi (buonissimi!) e lappola (sublime!), quest'ultima usata a Porchov per preparare olio di lappola, già noto al lettore e celebrato addirittura a Parigi, miracoloso contro la calvizie. Da quel giorno tutto il comprensorio iniziò a essere chiamato Sorokino in onore della famosa gazza ladra di Porchov. Tra l'altro c'è chi il diamante non ha mai smesso di cercarlo.

Tra gli ultimi avvenimenti della storia di Sorokino (dopo lo sfacciato furto del diamante da parte dell'intemperante uccellino 220 anni or sono) si ricorda l'insolita apparizione di un procione che, come si legge sulle pagine di un quotidiano locale, "è arrivato dal bosco e aggredisce la gente". Un annuncio pubblicato nella zona dalle autorità competenti recitava: "Attenzione! Attenzione! Attenzione! Ci rivolgiamo a tutti gli abitanti di Sorokino e Pupoviči: chiunque sia entrato in contatto con l'idrofobo procione è invitato a rivolgersi a un medico per essere eventualmente messo in quarantena e sottoposto a un ciclo di vaccinazioni contro la rabbia. Cittadini! Se disgraziatamente il procione vi ha morso, graffiato o semplicemente scaracchiato addosso, rivolgetevi subito a un medico! Siete in pericolo di vita! Il centro di controllo sanitario ed epidemiologico consiglia per qualche giorno di astenersi dall'uscire di casa e dal frequentare i boschi limitrofi." Dopo aver trascorso una settimana tappati in casa, i sorokinesi, spaventati e affamati, decisero alla fine di uscire per comprare vino e sigarette, ma lungo la strada per la bottega non incontrarono alcun procione. In compenso, però, durante il periodo di reclusione domiciliare, nei loro orti fuori paese qualcuno aveva avuto il tempo di raccogliere le patate e portarsi via le scorte di fieno e di legna per l'inverno, nonché di smontare e trafugare i motori elettrici e ogni altro apparecchio del serbatoio piezometrico di zona. Gli investigatori ritennero fossero stati proprio gli ignoti malintenzionati a pubblicare l'annuncio provocatorio sul quotidiano locale, infangando così il buon nome del peloso animaletto noto come orsetto lavatore. Con grande entusiasmo dei bambini sovietici, il procione veniva spesso presentato al Circo stabile degli animali come modello di pulizia personale e igiene, esempio vivente di come si debba lavare un frutto prima di mangiarlo. Gli investigatori dilettanti[41], invece, erano dell'idea che un procione fosse effettivamente implicato nella storia, ma che si trattasse di un particolare procione da combattimento (o magari un cane-procione) addestrato secondo un antico metodo cartaginese a fingersi folle, a graffiare e a scaracchiare copiosamente contro chi si spaventasse all'improvviso assalto del peloso nemico. Lo stesso Annibale era rocorso ad animali di questa razza per creare il panico tra le retrovie degli alleati dei Romani. Probabilmente la banda di malintenzionati in trasferta aveva utilizzato con efficacia proprio il procione da combattimento (in combinazione con l'avviso sul giornale).

41 Vedi nota 3.

CAPITOLO 21. JAM

Lascio la strada per Velikie Gljuki[42] e svolto a destra verso il paese di Jam. A sinistra si apre un'ampia conca, un profondo lago boschivo con acqua scura e uno scosceso dirupo di argilla gialla che sbocca proprio sulla strada. In passato era immerso nel folto del bosco e circondato da paludi, ma con la costruzione per riempimento della nuova strada una parte del lago è affiorata sulla carrozzabile. Gli abitanti del posto pensano che nelle sue acque viva un gigantesco octopode che trascina via con sé i bagnanti nelle abissali profondità del lago. I bambini del paesino raccontano spesso storie di questo genere per spaventarsi a vicenda e per terrorizzare i figlioletti dei villeggianti. D'altronde dalle profondità di questo tipo di laghi non di rado sono riemersi secolari pesci siluro, interamente ricoperti di alghe, con fauci talmente grandi da poter inghiottire un bambino intero. Se ne parla anche negli annali di Pskov. Oggi di fatto tutta la riserva di pesce dei fiumi e dei laghi della regione è stata pescata, sterminata o spaventata e costretta a rintanarsi,[43] è quindi sempre più raro che qualcuno dica di aver visto un mostro subacqueo. Nel nostro caso, però, si tratta di qualcosa di più serio delle solite storielline di pescatori con focherello e gavetta.

42 Purtroppo questa città si trova su una piega della mia cartina stradale su cui una volta è anche caduta un po' di marmellata di mirtilli. Per questo motivo il nome è parzialmente leggibile, solo "Velikie" è chiaro; del resto, invece, si intuisce solo la fine "...ki". Pertanto è possibile che si verifichino discordanze nell'interpretazione del nome di questa città sconosciuta e assai distante da noi, cosa di cui l'autore si scusa con il lettore.

43 Mi viene in mente una deliberazione del 1888 di Alessandro III, uno degli imperatori russi notoriamente meno sentimentali, in merito a un rapporto sulla pesca predatoria del famoso lucioperca di Pskov da parte degli abitanti di interi villaggi: "Peccato!"

Ecco cosa mi raccontò il mio vicino di dacia a Bol'šoe Kivalovo, Pavel Ivanovič, uomo estremamente serio e onesto, sobrio e soprattutto senza tanti grilli per la testa, insomma, come si suol dire, un tipo con i piedi ben piantati per terra. Una volta, mentre tornava da Porchov a bordo della sua Moskvič, percorrendo a velocità moderata la strada sabbiosa che costeggia la conca, all'improvviso, con suo grande orrore, vide spuntare dalle acque oscure un grosso tentacolo bluastro (simile, testuali parole, "al grosso tubo dei carribotte usati per lo spurgo dei pozzi neri") con repellenti ventose rosa alle estremità. Il tentacolo aveva iniziato a esplorare lentamente alla cieca la piccola striscia di sabbia che bordava la conca. All'estremità più distante della spiaggetta era seduto un ragazzo del posto con una canna da pesca in mano che fissava concentrato il galleggiante. Pavel Ivanovič frenò bruscamente, saltò giù dalla macchina e lanciò un urlo di terrore. Il ragazzo fece un balzo, si accorse del tentacolo, gettò via la canna e risalì di corsa in direzione della strada. E insieme i due si misero a osservare la creatura che, quasi irritata, afferrava la canna da pesca abbandonata sulla riva, la faceva astiosamente a pezzi e poi con uno splash spariva in profondità... E tutti si sono messi a schiamazzare: "Loch Ness! Loch Ness!"

Tra parentesi, chiacchierando una volta con un vecchio di nome Mizgir', nato e cresciuto a Bezdeš, un paesino a due passi da lì, sono venuto a conoscenza di un altro misfatto commesso dai "merdocratici" nel periodo pre-Putin e sottaciuto dal giornale "Il Domani". Mizgir' come tutti gli altri abitanti della regione aveva votato per Žirik ("un attaccabrighe") ed era fortemente indignato[44] che dopo la tirannia di El'cin fosse diventato difficile andare per boschi per-

44 Vedi nota 3.

ché "i maledetti democratici hanno tirato su talmente tanti castori che non sai più dove mettere i piedi visto che ogni corso d'acqua è sbarrato e ogni buca allagata". È mai possibile uno scandalo del genere? E per di più in terra di Pskov, "terra russa, incorrotta dal marciume democratico" (deputato Nevzorov della Duma di Stato, regione di Pskov).

In passato Jam era nota come Jamm, colonia degli Aestii, antenati degli attuali estoni rifugiatisi nei territori di Pskov per sfuggire alle sanguinarie scorribande dei Portaspada, i cavalieri danesi e teutonici. Nella nuova terra, per la loro incolumità assai propizie furono l'indolenza nonché la "pigrizia e l'assoluta incuria tipiche dei villici pskovesi", come evidenziato da molti osservatori. Gli Aestii conducevano una vita povera, più grama degli stessi villici pskovesi, e avevano sempre un aspetto stanco e deperito. Se la ridotta capacità lavorativa dei villici pskovesi trovava giustificazione nel frequente uso di alcolici caserecci, nel caso degli Aestii, per contro, si trattava di pura denutrizione. Metà del cibo la destinavano alle tre voracissime divinità Vana-Tomas, Ema-Laberita e Vanem-Taara, o andava in offerta ai defunti che, secondo le credenze popolari, non si allontanavano mai troppo dal villaggio.

Vanem-Taara, il nonno terribile, era considerato la più potente delle tre divinità: proteggeva gli Aestii dai Portaspada e in generale da ogni Vanapagan (diabolico gigante mitologico). Nei templi pagani sparsi per i boschi veniva a lui innalzata la preghiera *Tarapita!* ("Vecchio Taara, aiutaci!") seguita dal *risti*, la più appassionata delle danze rituali degli Aestii. Nonno Taara, però, essendo vecchio, odioso e insaziabile, non andò mai in aiuto agli Aestii fino al giorno in cui si impossessò di Gorbačëv che nuotava nelle acque del litorale di Riga: gli Aestii furono così liberi di andarsene per la propria strada. E come tutti sanno, se ne andarono dritti

dritti in Occidente: prego, quella è la porta! Al vecchio Taara dedicarono antiche rocce votive chiamate "rjuchi". A Jam oggi non vive più un solo Aeste ma la rjucha è rimasta, nelle vicinanze del villaggio. Naturalmente la nostra rjucha non è grande quanto la più grande rjucha di tutta l'Estonia, che si trova dalle parti di Tallin ed è conosciuta come "rjucha della suocera Iru", ma rimane comunque una rjucha bella grossa. Sulla roccia sono visibili alcuni solchi e altri misteriosi simboli che ormai nessuno è più in grado di riordinare e decifrare giacché, ahinoi, compongono una parola russa oscena (la seconda per diffusione e frequenza d'uso) che negli anni '30 del '900 fu sovraincisa da un gruppetto di teppisti komsomolcy, membri dell'associazione locale "Abbasso la lerigione!", proprio sui preistorici simboli.

Come tutti sanno, la scienza a oggi non dispone ancora di metodi per determinare con esattezza l'età degli intagli sulla pietra, come anche delle effigi in marmo, pietra e argilla, e proprio per questa ragione si potrebbe dubitare dell'autenticità di numerose antiche sculture e steli di argilla. In epoca sovietica all'Istituto di studi orientali si faceva spesso vivo un ingegnere del settore petrolifero, tale Iraklij Strunin, appassionato decodificatore di documenti in caratteri cuneiformi del re Sardanapalo, che con la schiuma alla bocca contestava tutte le precedenti decodificazioni dall'epoca di Jean Champollion in poi. Inutile dire che le tesi dell'appassionato studioso venivano accolte dai fautori del conservatorismo scientifico senza alcun particolare entusiasmo: era sufficiente che si presentasse sulla soglia dell'ufficio della segretaria scientifica perché la donna si alzasse immediatamente in piedi e, guardandolo in cagnesco, dicesse tra sé e sé: "Ma vai a prendertelo nel... Champollion dei miei coglion." E anche la reazione della donna era comprensibile giacché poco prima aveva messo alla porta una decodificatrice del Papiro di Fayyum e prima ancora un'intera fami-

glia di esegeti del simbolismo delle statue dell'isola di Pasqua, nonché un gruppo di zingari folcloristi.[45]

Respinto dagli accademici, Strunin decise di mettere in atto una feroce vendetta contro l'orientalistica sovietica e quei "palloni gonfiati delle sue divinità" (testuali parole tratte dalla sua rimostranza al Comitato centrale). Essendo un pregiatissimo specialista di petrolchimica nonché comunista, si fece ingaggiare dal vicino Iraq, paese amico, e visse e lavorò lì per lungo tempo. Ogni volta che prendeva un aereo per tornare a casa per le ferie portava con sé a Pietroburgo non certo robetta e vestiti (come facevano invece gli altri specialisti sovietici), bensì decine di chilogrammi di argilla prelevata dalla valle del Tigri e dell'Eufrate, argilla che una volta a casa, nel paese di Kupčino, utilizzava per preparare centinaia di tavolette con ingiurie di ogni genere in antica scrittura cuneiforme babilonese contro gli orientalisti sovietici. Nella bella stagione cuoceva le tavolette in un forno costruito secondo metodi antichissimi per poi interrarle nella zona della baia e sulle rive della Neva non asfaltate o pavimentate. Strunin si vantava persino di essersi segretamente introdotto allo scopo nel giardino dello Smol'nyj, inaccessibile al pubblico, famosa riserva naturale nonché meta preferita di passeggiate dei membri del Comitato regionale dopo aver consumato un lauto pranzo alla mensa dello stesso Smol'nyj, a prezzi popolari ma riccamente fornita. Cosa diranno gli scienziati tra cinquecento anni allorché costruttori e bambini cominceranno a portar loro quelle tavolette? Del resto, l'argilla e la lingua non sono poi co-

45 Tra gli altri si era fatto vivo anche un vecchietto che insisteva per essere messo in contatto con un noto professore, autore di uno studio, che aveva destato in lui enorme interesse, in merito a certe "Iscrizioni sullo culo sogdiano". Era l'ennesima volta che il vecchietto arrivava lì al solo e unico scopo di sottolineare che il titolo presentava un increscioso errore di stampa; in una nota esplicativa inserita a piè di pagina dallo studioso, per contro, la dicitura era corretta "sul loculo sogdiano", antico monumento sepolcrale ritrovato in Asia Minore.

sì diverse dagli originali dell'antica Babilonia... Magari spunterà fuori tutta una tribù di nuovi Fomenko, verranno discusse centinaia di tesi scientifiche annaffiate di champagne e la filologia cuneiforme a grandi balzi progredirà.

CAPITOLO 22. MJASOVO

Da Sorokino, passando per Mjasovo ("Carnazzo", i toponimi da queste parti hanno tutti radici mangerecce, come Kašicha che ricorda la *kaša*, la polenta, o Rassolovo da *rassol*, salamoia) sino ad Ador'e, si prolunga una strada boschiva che attraversa monti e valli. La zona è assai poco popolata; dalla strada Mjasovo non è visibile giacché immersa nel fitto dei boschi, pendii, terreni sabbiosi e fossati. Da tempi immemorabili il luogo è noto per vicende terrificanti e sanguinarie e per i brutti scherzi di ignoti burloni. Particolarmente pericolosa era la parte in cui scorre il fiume Sevka, dal nome del brigante Sevka, al secolo Vsevolod Il'ič Kostomarov, soprannominato Bezuchov, "Senz'orecchi", un nobile di Porchov che si era guadagnato la fama di sanguinario, rapinatore e assassino. Si diceva che Senz'orecchi uccidesse chiunque gli sfiorasse la testa, donna, medico o addirittura bambino. Aveva intrapreso la precaria via del crimine sin dalla giovane età. Solitamente, una o due volte l'anno, Senz'orecchi, uomo dotato di forza straordinaria, rapiva un viandante, lo portava in una piccola isba immersa nel folto bosco e lì lo uccideva. Solo molti anni dopo fu scoperto che prima di uccidere Kostomarov obbligava il prigioniero a tosargli la folta e ispida capigliatura da cui spuntavano enormi orecchie bovine, un terribile segreto di famiglia che Kostomarov preservava dalla vista altrui più gelosamente delle pupille dei suoi stessi occhi. L'involontario Figaro veniva ucciso non appena scopriva il segreto del suo carceriere. Una volta, però, uno dei prigionieri fu preso da una tale agitazione che, con un colpo di forbici, gli mozzò un orecchio. Il malfattore, in preda all'ira, non si limitò a uccidere il disgraziato, ma per il dolore si tagliò di netto pure il secondo orecchio. Ecco l'origine del soprannome. Più volte i gendarmi si erano presentati da lui perché rispondesse delle numerose denunce a suo carico contenenti i dettagli più spaventosi, ma Kostomarov aveva sempre tenuto un comportamento altezzoso, ordinando ai domestici di "metterli alla porta e di farli levare di torno a suon di randellate sul groppone". Alla fine fu arrestato da un'unità militare giunta da Velikie Muki e messo al fresco, ma successivamente rilasciato in virtù di un decreto dello zar che riconosceva al detenuto la prima regola della libertà russa: "Che del misfatto sia perdonato e dalla prigione rilasciato; che torni a vivere libero nelle proprie terre ma con divieto di allontanamento."[46]

Senz'orecchi aveva eletto a proprio covo la proprietà di Obderki e i paesini di Bezdeš e Svinomurovo: con i suoi servi della gleba metteva a ferro e fuoco le strade (una sorta di Dubrovskij di puškiniana memoria) fino al giorno in cui gli uomini dell'unità militare invalidi di Velikie Suki non balzellarono fin lì sulle loro gambe di legno e sbaragliarono la masnada di bravi di Sevka Senz'orecchi proprio sulle rive di quel fiumiciattolo rimasto senza nome sino a quel dì. In seguito, come riportava il decreto, gli invalidi liquidarono "la ributtante torma del covo" di Obderki, Bezdeš e Svinomurovo; la proprietà fu poi ribattezzata Novaja Zubovka e donata dalla sovrana al suo *favori*.

La gola in cui scorre la Sevka è nota come "Terribile" o "Sciagurata". E non per nulla! La strada che corre su uno dei versanti è sab-

46 La seconda formula della libertà russa recitava: "Che viva libero con legittimo passaporto." Esisteva anche una terza formula: "Che viva libero sotto sorveglianza": penso che così vivesse Puškin a Michajlovskoe.

biosa, dilavata (i francesi metterebbero a tal proposito il segnale "Chaussée decomposée"[47]), sdrucciolevole e in prossimità del ponte si restringe talmente che i rami degli alberi arrivano a impigliarsi al tetto, la macchina perde quindi velocità e di lì a poco finisce per piombare nel canalone. Il traballante ponte sulla Sevka che scorre sul fondo della Sciagurata è il punto più pericoloso. Anticamente, giunti lì, i viandanti alzavano il grilletto delle pistole, caricavano di polvere da sparo gli archibugi e sguainavano le sciabole: tutti conoscevano bene l'inviso luogo in cui per molti anni impunemente aveva fatto il bello e il cattivo tempo una banda di malviventi capeggiati da una certa vedova Efanovna. Leggenda vuole che in gioventù la donna fosse una pastorella di straordinaria bellezza ma che sin da tenera età si fosse guadagnata la fama di strega. A oggi ben poco si sa sulle sue origini. La madre, la ladra Varvara Alekseeva, interrogata un giorno presso il Tribunale di Porchov a proposito della figlia aveva dichiarato: "Sono rimasta incinta di mia figlia Alëna per strada, appena fuori da un villaggio, in un bosco; con chi però non me lo ricordo. E sempre in mezzo a una strada mia figlia è nata, in un'aia, sulla paglia, in quale villaggio non lo ricordo..." La piccola, abbandonata dalla madre a Mjasovo, era stata sfamata, come scrissero al tempo, "dalla gente, mossa a compassione per l'innocente", diventando in seguito pastorella di un gregge collettivo.

Il gregge divenne subito celebre perché composto da due tipi di pecore: nere senza una sola macchia bianca e bianche senza una sola macchia nera. Efanovna le pascolava al limitar del bosco, in un lontano prato diviso da una fila di pertiche: da una parte brucavano erba le pecore bianche, dall'altra le nere. Quando la rivoluzione era

47 Ricordiamo che all'epoca in cui l'autista russo del nostro autobus – assolutamente a digiuno di francese – percorse la Normandia, alla vista di un tal cartello frenò all'improvviso e disse rivolgendosi alla guida: "No, lì non ci vado: è pieno di buche." E aveva ragione da vendere!

ancora lontana, alcuni studenti-villeggianti si avvicinarono alla piccola palizzata per trastullarsi un po' con la giovane pastorella, per amoreggiare con la bella paesanella: non dimentichi il lettore che in quegli anni i giovani si dedicavano spesso "all'andar tra i contadini", attività che aveva lasciato scottato un gran numero di intellettuali. E anche in quell'occasione la storia non finì senza scandalo. Avvicinatisi dunque alla piccola radura, gli studenti videro la fanciulla prendere in braccio una pecorella bianca e rimetterla giù dall'altra parte della palizzata: toccata terra, la pecora divenne nera e con perfetta voce umana gridò: "No Alëna, non farlo!" Uno degli studenti lanciò in direzione della novella *transformer* ovina un rametto di noce scortecciato che aveva tenuto in mano sino a quel momento: ancora prima di terminare il volo e di toccare terra anche il rametto divenne nero. A dispetto del loro rigido materialismo nichilista, gli studenti se la diedero a gambe terrorizzati e Alëna e le sue pecore gli risero dietro...

In seguito all'episodio, nel villaggio giunse il capo della polizia distrettuale Elevferij Vasil'evič Florianskij per prelevare l'Alëna-ovinofila e condurla personalmente a Porchov per aprire un'inchiesta: uno degli studenti, infatti, aveva spifferato tutto, inventandosi pure che Alëna "si mutava magicamente in capra e pecora". La notizia raggiunse anche la capitale da dove fu inviato un decreto nel quale si richiedeva "che la signorina Alëna dia dimostrazione delle suddette arti magiche e che per il loro tramite – in presenza di appositi giudici, nella fattispecie dei signori Florianskij, Rafael'skij e Svencickij – si tramuti in capra o pecora (a proprio piacimento)". In occasione della prova, l'Accademia delle scienze inviò in missione l'accademico Supov e il libero docente Borščagovskij. L'esperimento, però, non ebbe luogo perché la detenuta manco si sognò, come scrisse il poeta Brodskij, di "offrirsi agnello sacrificale sull'altare della scienza nazionale": fuggì a cavallo di una scopa passando per la canna della stufa, e trovò ricovero nei boschi in seguito chiamati, non per niente, "terra dei partigiani". E così, sotto l'influenza di pratiche negative e dei funesti condizionamenti dell'ambiente sociale, la pastorella crebbe e si trasformò nella famosa strega e brigantessa Efanovna. Ritengo che in tutto questo, oltre alle suddette circostanze, gran peso ebbero anche i geni del padre vagabondo e malandrino e della madre randagia...[48]

48 Anche noi abbiamo una Efanovna nel nostro paese: cattiva, burbera, si regge in piedi, tutta ingobbita, appoggiandosi a un bastone da passeggio, una vera strega. Si narra che durante la Seconda guerra mondiale gli invasori la temessero come il fuoco dell'inferno, così come i partigiani e persino il loro stesso impavido capo German. Qualche anno fa un gruppetto di ragazzi, di ritorno da una passeggiata a Podvigalov, vide uscire dal cortiletto di Efanovna un uomo alto, riparato da un soprabito grigio simile a un antico mantello: si incamminò per la campagna e, superato il pozzo – nel quale affogò Saška Grigor'ev durante una crisi di *delirium* – nei pressi della casa di Fëdor Ivanovič, si dissolse nell'aria come fumo al vento. I ragazzi giurarono che l'uomo era alto non meno di tre metri: lo avevano capito dall'altezza del ramo sotto il quale l'uomo era passato...

Efanovna e i suoi compagni di lotta[49] avevano escogitato un eccellente tranello sul ponte della Sevka: una carrozza si appropinqua e inizia a scendere nel canalone, il cocchiere tira d'un tratto le briglie vedendo che in prossimità del ponte giace una vecchietta ferita, tutta insanguinata, con un bastone da passeggio in mano; lì accanto la nipotina piange come una fontana con un cappuccetto rosso in testa mentre il suo cane Žučka geme con strazianti ululati. Il caritatevole viandante arresta la carrozza, mette da parte la pistola, si china impietosito sulla vecchietta e tende una mano di conforto alla bambina... e in quel momento la gracile vecchietta ("leggera – dicono qui – come una piuma") si toglie la benda imbevuta di succo di rapa, come se niente fosse balza in piedi, estrae dal bastone un lungo stiletto affilato e fa fuori quel babbeo del viandante credulone! La nipotina, invece – che non è affatto una bimbetta incappucciata di rosso, ma un mostruoso nano sadico di nome Žuzla – con un cappio ricavato da una corda di pianoforte tira giù dalla serpa il lacchè e in un batter d'occhio, lesto e abile, lo strozza. Il cocchiere intanto si rotola a terra emettendo rauchi rantoli perché Žučka – enorme iena africana finita chissà come in terra di Pskov e addomesticata da Efanovna – in un attimo l'ha scannato a morsi. E *les jeux sont faits*!

Qualche tempo dopo quel luogo immondo fu ripulito dai gendarmi, la schifosa iena Žučka fucilata, mentre Efanovna fu confinata nella città di Nerčinsk e scrupolosamente sorvegliata giorno e notte per evitare, Dio non volesse, che si tramutasse in capra o pecora e si eclissasse tra le greggi che pascolavano lungo la strada. Per scongiurare la fu-

49 Come non ricordare a tal proposito un erudito giapponese che si presentò da me perché lo consigliassi su quale titolo dare al suo libro su Pugačëv: *Pugačëv e i suoi complici* o *Pugačëv e i suoi compagni di lotta*?

ga, di notte la malfattrice veniva rinchiusa in una stanza senza stufa. Ma come avrai già immaginato, lettore, da Nerčinsk Efanovna riuscì naturalmente a scappare: si trasformò in saiga, come dice qualcuno, o in cervo siberiano e fuggì nella steppa. È possibile che sia stata poi uccisa da Dersu Uzala, piccolo cacciatore delle vaste pianure siberiane. Anche il complice Žuzla riuscì a sfuggire al patibolo e tra l'altro, questo gli va riconosciuto, in modo assai originale: condotto a Porchov e rinchiuso in una minuscola gabbia chiese da bere; quando gli passarono un piccolo mestolo attraverso le sbarre, il malandrino appoggiò il mestolo a terra, giunse i palmi delle mani, fece un bel tuffo nell'acqua e puff! Sparito! Riemerse sulla riva del lontano fiume Šelon'...[50]

Durante la perestrojka, però, allorché il potere sovietico iniziò visibilmente a perdere forza e a incartapecorirsi, per strada ripresero le scorrerie: evidentemente nell'ora della sommossa gli istinti banditeschi degli abitanti del luogo avevano ripreso vita. Un paio di volte furono rapinati dei viandanti e per di più con modalità assai ingegnose: capitava che una Žiguli con a bordo una famigliola di villeggianti avvicinandosi al ponte a passo d'uomo (perché la strada, al solito, è "proprio bruttarella", come dicono da queste parti) scorgesse nei pressi del ponte sulla nuda terra, come una stupenda farfallina del paradiso, un ombrellino giapponese aperto, articolo all'epoca assai raro e ambito, asiatico souvenir probabilmente perso da qualcuno passato di lì in macchina il giorno precedente. All'ingenuo villeggiante veniva allora il desiderio di raccoglierlo per farne dono all'amata consorte che gli sedeva accanto: fermava la macchina, scendeva, si chinava sull'ombrellino che all'improvviso si ani-

50 Da quel giorno ai detenuti della prigione di Porchov non venne più data acqua in un recipiente, ma fatta succhiare da un panno inumidito. Per tale motivo, la prigione aveva cattiva e ambigua fama ed era nota come "Ciucciabuia".

mava, mentre dietro spuntava l'orribile grugno di un avanzo di galera che con un'enorme mazza ferrata si abbatteva sul cranio del turista di passaggio protetto solo da un misero cappellino!

Per farla breve: la strada è sempre deserta, di passanti non se ne vedono quasi, grasso che cola se la percorrono tre o quattro macchine al giorno e per giunta a velocità supersonica e sollevando un polverone giallo... Lo scorso anno, una mattina presto, mentre tornavo a Pietroburgo, anch'io mi sono preso un bello spavento. Quasi sul fondo del canalone raggiunsi uno strano carro: un cavallo sauro aggiogato avanzava lento e stanco a zigzag strascicando le briglie per terra, mentre sul carro dormivano un uomo e una donna con le teste ciondoloni. Diedi un colpo di clacson e segnalai con i fari, facendo anche ruggire il motore ma nessuno dei tre reagì ai miei rumorosi segnali. Magari tornavano da un allegro festino o da un funerale, pensai, o magari erano morti. La strada era stretta e non c'era modo di superare il carro. La formazione, quindi, procedendo in fila indiana, per così dire, scese fino al ponte sulla Sevka. E solo in quel momento mi sfiorò un pensiero: "O mammasantissima! L'hanno pensata bene i furbi: adesso ci prendono e ci fanno fuori!" Quella volta, però, andò bene: il cavallo si spostò sulla destra e a metà del ponte riuscii a superare la maledetta carrozzella. E poi via di corsa come il vento verso Sorokino per evitare altri guai.

Tutto attorno si estendono gli ex territori partigiani: acquitrini impraticabili e folti boschi. Anche qui i nomi dei paesini non sono da meno che altrove: Negletta, Marcito alta e Marcito bassa, due Fangoscuro, Traslercio, Lordella, Muschio, Stagno Rosso (ma anche Nero e Amaro), Acquemorte, Traspantano, Fossette e per concludere Gorghetto. In questa vasta zona si tennero le antiche battaglie dei partigiani contro le spedizioni punitive. Le battaglie, però, non erano continue e capitava di rado che gli eroi (testuali parole dell'auto-

re di un articolo pubblicato in un quotidiano locale) "si lanciassero all'attacco, scatenando, in corsa, una pioggia di piombo contro gli insolenti fascisti che battevano in ritirata". Leggendo l'articolo intitolato *Orario interno delle attività quotidiane della formazione partigiana* dei tempi della guerra pubblicato sulle pagine delle "Cronache di Pskov"[51], si apprende che dopo il Pranzo (17.00-18.00) i partigiani non facevano altro che riposarsi:
Tempo libero: 18.00-19.00.
Attività culturali collettive: 19.00-20.30 (sarebbe a dire? Studio di canzoni e poesie partigiane? – Ja. S.).[52]
Appello serale: 20.35-20.50.
Passeggiata serale: 20.50-21.30 (quest'ultimo punto intenerisce non poco: riuscite a immaginare i partigiani che passeggiano in gruppo tra alberi mezzi abbattuti e arbusti di mirtillo, e non per le contrade dei paesi occupati dagli invasori, in compagnia della fisarmonica e delle amiche combattenti, le donne al fronte?[53] – Ja. S.).

51 Numero 1, Pskov, 2001, pagina 150.

52 Il vecchio partigiano B. Mironov ricordava: "Aerei ricognitori di compensato lanciavano giù volantini e la gente, ovunque, ripeteva con trasporto le parole semplici e amate con le quali l'Armata Rossa si rivolgeva a noi tutti: 'Con *kvas* brindate e noi aspettate, latte bevete, a breve ci vedrete'" (Ricordo… // "Znamja truda", 1991, 6 maggio).

53 E capitava anche questo: "Il partigiano della terza brigata di Leningrado Antonin Ivanovič Kaul's racconta: 'I portaordini ci avevano fatto sapere che nel paese di N. ci sarebbe stata una festicciola serale (chissà perché a cinquant'anni di distanza dagli eventi descritti il veterano nasconda ancora il vero nome di quest'Arcadia dei tempi della guerra – Ja. S.). Ci andiamo. Ci fermiamo sulla soglia della casa. La porta è aperta e dall'isba esce vapore, come da una sauna. Alcuni giovani, rossi in viso e accaldati anche se fuori ci sono quasi trenta gradi sotto zero, piroettano, cantano e ballano. Ci fermiamo, ci guardiamo attorno ancora una volta e ci mettiamo a discutere su a chi tocchi stare di vedetta alla casa per primo. È una notte di luna piena e ci si vede bene. Oltre il fiume la sentinella tedesca marcia avanti e indietro facendo la guardia alla zona assegnata. Che fare? O la va

Preparazione al riposo notturno e ritirata in branda: dalle 22.00.

E anche la mattina la tabella non era niente male:

Segnale di sveglia: 7.00-7.10 (però: comoda se la prende il partigiano resistente! – Ja. S.).

Attività fisica: 7.15-7.45 (mezz'ora come il nostro sportivo presidente – Ja. S.).

Toletta mattutina: 7.45-8.00 (sappiamo bene come non si possa rimanere troppo a lungo accucciati tra i cespugli: le zanzariere, ahimè, son fatte solo per i letti – Ja. S.).

Appello mattutino: 8.00-8.15.

Educazione politica: 8.20-9.10.

Colazione: 9.15-10.15 (un'ora intera per fare colazione: e "cissi" mangiano mai?[54] Adesso si capisce perché l'educazione politica precede

o la spacca! Che il tedesco continui pure a fare la guardia a sé stesso e a noi: intanto andiamo a divertirci!'" ("Zemlja Novorževskaja", 26 luglio 2005, pagina 6)

54 Nell'idioma dei villici pskovesi non esiste la parola "cosa", ma solo "*ci*": "*Ci* vedi e *ci* fai?"; "*Ci*tti fa male? L'orecchio! (Ci) è finito un ragno"; "Ero ciucco e mi rodevano e quando mi capita mi scaldo subito e *ci* combinai nella credenzina del bagno, non me lo ricordo più"; "Sono stato a Leningrado a vedere come se la vivono lì. In città è parecchio dura. Vivono come se fossero sempre congelati. Ma *cissi* mangia quella gente lì? Bleah, yogurt! E io invece, primo, ho cacciato le patate; secondo, ho messo in salamoia cetrioli e cavolo e, terzo, per le feste ottobrine scanno pure un bel maialino! E *ci* altro mi serve?" (Novoržev, 2001). Quando parlano, i villici pskovesi si mangiano spesso le parole: non dicono "il cielo è coperto di nuvole", ma "il cielo è copè di nuvò", oppure "tieni calda la macchina, mmo rrivo", o ancora "Ivan si è rimesso a bere? – Uh se bé! Non è nemmé ritornà che bé!" Qualche tempo fa mi è anche capitato tra le mani un esempio di poesia in idioma locale:

Attende, la mamma-vecchina
E Iddio la notte si mette a pregà
Davanti all'icona ella s'inchina
Implora e mai smette di lacrimà...

la colazione: in caso contrario i partigiani se la ronferebbero indecorosamente mentre viene data lettura delle citazioni dal *Breve Corso*. Così, invece, sono solo le pance a brontolare, quasi in segno di approvazione degli imperituri brani – Ja. S.).

E infine il programma della giornata prevede la cosa per cui quegli uomini si sono infilati nei boschi e si sono sfamati a spese della popolazione locale (alla quale, come si sa, i partigiani hanno sottratto bestiame e viveri lasciando in cambio una ricevuta da presentare poi alle autorità competenti per un rimborso "alla fine della guerra", cioè, quando il gallo avrebbe fatto l'uovo):

Attività diurne e lavoro: dalle 10.20 alle 16.20.

Tra l'altro va sottolineato che, a giudicare dal programma della giornata, i partigiani dedicavano anche un po' di tempo a far saltare in aria treni e ad altre azioni terroristiche di varia natura: sei ore in tutto e per di più in un paese in cui sin dall'inizio della guerra era stata abolita la settimana lavorativa normale ed erano spariti i concetti di straordinario, festività, ferie e compagnia bella. E a chi spettava organizzare i sabotaggi notturni se dalle 22.00 alle 7.00 i partigiani, stando al programma, dormivano come sassi? Il periodo di più intenso lavoro militare, naturalmente, si concludeva con:
Pulizia delle armi: 16.25-17.00. A seguire, come abbiamo già detto sopra: pranzo, tempo libero e via discorrendo.

Insomma, come recitava l'inno partigiano:

Terribili son per il nemico boschi e boschetti
Ogni tronco spara al tedesco...
Laddove siam passati, più nulla crescerà...

Il programma delle attività quotidiane del distaccamento partigiano si differenzia da quello dei campi dove in epoca brežneviana ci si ricreava con i *Zarnica*, i giochi di ruolo militare, solo per l'assenza del tè delle 16.20 accompagnato da *kozinaki*, ottimi croccantini di sesamo e nocciole, e dei canti attorno al falò con patate arrostite ("la passione dei pionieri", come cantava un vecchio motivetto degli anni '30).[55] Non dimentichiamoci poi che raramente i tedeschi consentivano di seguire con regolarità il suddetto programma (negli anni della guerra, in quella zona, furono uccisi e fucilati ben 800 partigiani). Alcuni scettici sostengono che il programma fosse stato strutturato in modo tale da confondere gli invasori in merito alle reali attività svolte dai partigiani nel bosco a un solo e unico scopo, espresso in un sagace sillogismo contenuto nell'inno di cui sopra:

Piuttosto perire che inginocchiarci
Vincere piuttosto che perir...

CAPITOLO 23. ADOR'E

Paesino di nessun particolare interesse a tredici chilometri da Sorokino nel quale finisco dopo una deviazione dalla strada per Zareče e Karuzy: è il capolinea dell'autobus che arriva da Novoržev; a due passi c'è il confine con il territorio di Dedoviči, per cui il tratto di strada è terribile: pieno di buche e crepe.

55 Come racconta quello stesso partigiano B. Mironov: "Il campo dei partigiani era incredibilmente affollato e allegro... Oltre a uomini e bambini, nel campo, sulle rive del Sorot', c'erano anche molte donne delle più svariate età... Ricordo che i partigiani si pavoneggiavano nei loro giacconi cuciti a foggia di casacca con tutta una guarnizione di pelliccia e nei loro colbacchi con la punta vermiglia. Sui colbacchi c'era un nastro rosso con la stella."

Il nome di Ador'e, paesino sperduto nella campagna pskovese, richiama automaticamente alla memoria il nome di un altro luogo, Odori, meraviglioso viale della città giapponese di Sapporo, alle spalle del quale si estende un quartierino di pessima reputazione in cui hanno sede molte imprese di dubbia moralità, varie smoke house e covi della Yakuza celati dietro pareti di vetro azzurro che di sera s'illuminano di cartelloni pubblicitari di tutti i colori dell'arcobaleno. Sull'ampio viale simile a un Mall di Washington c'è un bistrot in cui si può bere il più costoso cappuccino al mondo con un bastoncello di cannella e un ristorantino dove mangiare in tutta tranquillità sushi freschissimo. Dopo aver provato questo ristorante, non avrete più voglia di mangiare sushi in nessun'altra parte del mondo. A volte a Odori organizzano il festival della favolosa birra di Hokkaido e all'inizio di febbraio, quando i primi vaporosi e candidi fiocchi di neve ricoprono Sapporo e i monti che la cingono, sul viale vengono costruiti magnifici palazzi e sculture di ghiaccio mostrati poi da tutte le televisioni del mondo come strabilianti esempi dell'inutile inventiva giapponese. Ad agosto, invece, nel giorno della commemorazione degli antenati, migliaia di giapponesi agghindati con kimono multicolori e ventagli alla mano ballano elegantemente sul viale seguendo il ritmo di un'interminabile musica dalla malinconica melodia che sembra diffondersi per Odori dalle vicine montagne tenebrose.

Inutile dire che nella nostra Ador'e, non ci sono né cartelli pubblicitari, né sushi bar, né palazzi di ghiaccio, tanto meno danze per il giorno della commemorazione degli antenati. Per contro, molti anni fa, qui esisteva l'unico lampione dell'intera strada per Porchov (87 km), la cui luce benedetta mi permetteva, in occasione del mio viaggio autunnale, di svuotare agevolmente la tanica di benzina di scorta nel serbatoio della Moskvič quando rimanevo a secco: in tutti gli altri paesini lungo la strada non c'erano lampioni e voi stessi mi insegnate che è preferibile non versare benzina in un serbatoio al buio. Insomma, questo lampione divenne per noi un vero e proprio *Irminsul*, il pilastro cosmico che secondo gli antichi Sassoni sorreggeva il mondo. Quando ancora mancavano alcune decine di chilometri ad Ador'e, in macchina iniziava una disputa: il palo sarà ancora in piedi o magari un novello Carlo Magno (il vecchio, come è noto, abbatté l'*Irminsul* nel 772) lo ha agganciato con il trattore sbilanciando così il giusto ordine del mondo e invece del travaso di benzina nel nostro ferrovecchio ci attendono le tenebre e gli orrori dell'inferno?

Ador'e è conosciuta per una particolare e gloriosa razza di galline da corsa, le *Coco Adorius Bellus*, inserite nella sezione "Pennuti" del Libro Rosso, galline che si sono fatte un nome per il loro perfezionismo e lo straordinario temperamento. Non fai in tempo a entrare nel paesino che subito, davanti al cofano dell'automobile, dal nulla spunta l'ardimentosa *coco* di turno e inizia a zampettare fulminea proprio davanti alla macchina, dando prova di velocità, caparbietà e raffinata tecnica di corsa. Impossibile per un automobilista sottrarsi alla competizione: ulteriore punto a favore della scattante gallinella. Queste corse, accompagnate dagli accaniti coccodè e dalle grida dei supporter[56] assiepati lungo il ciglio della strada, ricordano le famose corse dei tori che per le strade delle città basche precedono le corride. Le caratteristiche della razza della gallina di Ador'e sono stupefacenti: corporatura compatta, piumaggio abbondante di colore bianco, cresta a cornetti, dimensioni ridotte, indole allegra e amichevole, totalmente decerebrata, uova con guscio solido, carne tenera e fragrante. I tentativi di alcuni imprenditori, smaliziati ex

56 Vedi nota 3.

cittadini russi emigrati in Australia, di allestire lì un allevamento "Adelaide-Ministruzzo russo" per la produzione di *coco* razza Ador'e (con l'intenzione di costruire poi uno stadio di atletica da diecimila posti con tanto di totalizzatore) hanno incontrato l'unanime resistenza dei villici pskovesi di Ador'e sia sobri che ubriachi, tutti amanti dell'arte per l'arte come i giapponesi amano i loro Partenoni, Angkor Wat e Taj Mahal di neve.

Per quanto mi riguarda, Ador'e è il luogo più distante del circondario in cui tutti sanno che io non bevo in quanto "impiantato", frottola che ho messo in circolazione tra la gente il primo anno in cui abbiamo preso la dacia a Bol'šoe Kivalovo, all'inizio degli anni '90 del '900, all'unico pio scopo di tenere lontane da casa nostra frotte di potenziali compagni di sbronze. Gli indigeni, comunque, saputo che ho il dottorato, hanno iniziato a venire da me chiedendo di procurare loro dell'alcol: del resto sono o non sono un dottore?!

Ad Ador'e, poi, c'è la "Segheria del diavolo", un po' isolata, appena fuori del paese. È dismessa da parecchi anni ormai e solo mucchi di trucioli marci e anneriti testimoniano la passata fervente attività socialista. Il cablaggio elettrico che portava elettricità alla segheria è stato trafugato da tempo o smaltito come materiale riciclabile ed esportato in Estonia (che, come si sa, nei primi anni '90, è diventata leader mondiale nell'esportazione di materiali non ferrosi), e la strada che porta al vecchio deposito, la segheria propriamente detta, è completamente invasa dalle erbacce. Gli abitanti del posto, però, raccontano che talvolta, in autunno inoltrato, la segheria riprende a vivere di vita propria e per notti intere, nel buio più totale, continuano a udirsi il fischio delle cinghie, lo stridio dei tronchi, il battere dei martelli e il tonfo di alcuni manufatti (a giudicare dal rumore: grosse casse) che vengono buttati nel cassone di macchine arrivate lì chissà come. Nessuno da quelle parti si è mai arrischiato ad avvicinarsi alla segheria per capire chi mai possa lavorarci così alacremente; anche i più temerari si sono trovati disorientati di fronte al fatto che la sega funzionasse a tutta potenza (a giudicare dal rumore) nonostante nei paraggi non ci fosse un solo filo elettrico e che l'invisibile squadra lavorasse a pieno regime nella più assoluta oscurità, arrestandosi improvvisamente al primo canto del gallo.[57] L'indomani, nei pressi della segheria, non si trovava neanche una manciata di segatura fresca, né traccia alcuna di passaggio di automobili; e il disco della sega era come sempre ricoperto di ruggine e ragnatele. Inoltre i testimoni raccontavano di aver visto e udito i classici fenomeni da luogo infestato dai fantasmi: verso di civette, nebbia fitta che ricopre il vicino avvallamento, pallida luce lunare che di tanto in tanto fa capolino da dietro le nuvole, il pianto di un bambino annegato un secolo prima nella palude, forte umidità e un penetrante freddo infernale. Alcuni villeggianti con il pallino della mistica (messi al corrente della storia dagli abitanti del posto solo

57 In merito al canto mattutino del gallo che mette in fuga le belle di notte accadono casi curiosi. Una volta, nel bel mezzo della notte, fui svegliato da grida soffocate, "Salva-te-mì! Salva-te-mì!" provenienti dalla strada di fronte casa. Ho aperto gli occhi nel buio pesto e mi sono immaginato, nel sonno, una scena da far raggelare il sangue: la nostra dirimpettaia, nota come Svetka Manico di scopa (ferocemente e regolarmente malmenata dal marito noto come Tolja l'Aguzzino), presa ad accettate e strisciante nella strada a implorare la mia misericordia. Di uscire, però, non mi andava affatto ("contro l'accetta e contro il piccone, meglio non fare il leone") anche se bisognava pur fare qualcosa. Mi ero appena infilato i pantaloni – principale segno distintivo dell'uomo – e stavo stupidamente tastando il muro in cerca di una spada inesistente, quando all'improvviso mi resi conto che le grida soffocate non arrivavano dalla strada, bensì dalla baracca dell'altra mia vicina di casa. Lì, con un sonoro "chicchi-ri-chì!" (trasformato, tanto dalla distanza quanto dai muri della baracca chiusa, nonché dalla mia immaginazione, in un estremo disperato lamento del Manico di scopa "Salva-te-mì!") un bel galletto rosso (oggi, ahimè, defunto) annunciava, giulivo, l'arrivo del nuovo giorno.

quando tornavano lì la primavera successiva) affermavano che in quelle notti, nella segheria, una forza malefica fabbricava bare aerodinamiche con uno speciale legno maledetto per volare nella stratosfera e anche bare da vampiro impenetrabili al palo di pioppo tremolo... Se lo dicono loro... Il posto comunque dà i brividi, su questo non si discute. Da qualche parte c'è ancora un vecchio pozzo in cui, dopo mesi e mesi di affiatate bevute, si tuffarono uno dietro l'altro, in una crisi di *delirium*, i tre fratelli Grigor'ev, chiudendo così i conti con la vita (o, come dicono qui, "colando a picco"). Prima di morire quei poveracci avevano corso per tutto il paese a velocità degna della gallinella *coco*, sfuggendo così ai demoni verdi che li inseguivano a balzi giganteschi. Oggi, durante la settimana santa, arriva tutta una variegata marmaglia per bere l'acqua del pozzo profanato dai tre suicidi. Dove si trovi il pozzo, comunque, non sono mai riuscito a saperlo. E, detto tra noi, chissenefrega!

CAPITOLO 24. KARUZY

E finalmente si arriva al punto in cui la strada si triforca verso Novoržev, Podvigalovo e Zareče. All'incrocio non ci sono indicazioni e per un viaggiatore inesperto potrebbe rivelarsi problematico scegliere quale direzione seguire (un po' come succede al *bogatyr'* del famoso dipinto di Vasnecov).

Una volta, quando ancora non avevo preso la mano con i luoghi, rimasi fermo un'ora intera a quell'incrocio in attesa che passasse anima viva, poi saltai giù nella cunetta e tirai fuori un segnale stradale tutto ammaccato. Mi rendevo conto che sarebbe stato del tutto inutile tentare di ricollocare il cartello, giacché dove dovesse essere messo e soprattutto come dovesse essere orientato e cosa ci fosse scritto sopra solo Dio lo sapeva… Un'altra volta, dopo lunghe e penose riflessioni, imboccai una delle strade a me sconosciute, raggiunsi una donna del posto e senza neanche fermare la macchina, disperato, le chiesi dal finestrino: "Dov'è che sto andando?", al che lei mi rispose che andavo dritto dritto a Zareče, luogo in cui quel giorno non avevo nessuna intenzione di andare.

Ricordo anche che in occasione di un viaggio in Lettonia negli anni '80, ci addentrammo nella città di Šauljaj, continuando poi a girare per ore nel tentativo di uscirne e di imboccare l'autostrada per Kaunas. A un certo punto mi accostai con la macchina a un anziano signore, ben pasciuto, che fumava indolente sul marciapiede, e gli chiesi a voce alta come trovare l'autostrada per Kaunas. Lui, lemme lemme guardò me, l'automobile, poi mia moglie e mia figlia, e con un tipico accento ebreo mi chiese: "E voi di dove giungete?" "Di Leningrado" gli risposi e gli chiesi nuovamente, e con insistenza, di indicarci la direzione per arrivare alla tanto sospirata autostrada per Kaunas. Al che l'uomo, dopo un istante di esitazione e un'occhiata circospetta, mi chiese ancora: "E gli altri che vi hanno suggerito?" Per l'ultima volta ripetei alzando la voce: "Allora, dove sta quest'autostrada per Kaunas?" E l'uomo, fissandomi con aria sprezzante, mi rispose secco: "Ma che urla, già c'è!" e mi voltò le spalle…

La storia di Karuzy si perde nella notte dei tempi. Va detto subito che ben poco si sa sull'esatta origine del nome del paesino. Si pensa che proprio a Karuzy sia nato il famoso tenore Enrico Caruso il quale, mentre suonava in quei luoghi una siringa di Pan, fu udito da un mecenate di passaggio, il principe Heyden, lo stesso che fondò il primo telegrafo nella remota provincia pskovese.[58] Questi avrebbe poi por-

58 L'iniziativa incontrò una massiccia resistenza da parte della popolazione rurale che staccò e utilizzò i cavi del telegrafo per la pesca e la caccia alla lepre.

tato il garzoncello scalzo nel prospero paese del prosciutto e del Chianti, dandogli il nome di un amico di Mazzini, un combattente per la liberazione d'Italia, Enrico Batiscafo, e per cognome quello del suo paese d'origine, costume, come tutti sanno, assai diffuso in ogni parte del mondo. Qualche testa calda non si ferma qui e aggiunge che il futuro genio del palcoscenico italiano non solo sapeva suonare la siringa ma anche cantare, cosa che era solito fare mentre passeggiava nel paesino limitrofo di Kleskalovo che i locali storpiano in Ljaskalovo (il mio nome, invece, lo pronunciano Javgenij Maksimovič, mentre il gazzettino locale, preziosa fonte di informazioni su produzione di latte, aumento di peso dei bovini e accumulo di mangimi succosi anche se scarsamente nutritivi, "Zjamlja Novorževskaja"). A quanto dicono l'insolita consonanza "Karuzy-Ljaskalovo" piacque talmente tanto al melomane che, non sapendo in quale altro modo spendere le entrate delle sue proprietà di Novoržev, scommise con il vicino, il possidente L'vov[59], che non sarebbero passati neanche dieci anni e il piccolo di Karuzy avrebbe cantato sul palcoscenico del famoso teatro La Scala, scommessa che segnò il destino del giovane. Questa storia italiana non ha però lasciato traccia nel destino del piccolo paese di Karuzy che, tra l'altro, è uno dei più antichi della provincia. Notizie su esso come anche sulla proprietà di Fëdor Levont'ev, passata poi a Ignatij Nazimov e a sua madre Marja Nikiforovna, ci sono arrivate attraverso un registro di atti pubblici del 1678.[60]

59 Vedi nota 3.

60 Fëdor Levont'ev entrò nel novero dei funzionari più stupidi del servizio diplomatico russo del XVII secolo. Inviato in Persia dall'ambasciatore, per poco non fece scoppiare una guerra russo-persiana. Nella risposta formale spedita allo zar Aleksej Michailovič, gli scrivani-notai del Ministero degli affari diplomatici presero atto che Levont'ev "ha assai desolato lo scià giacché mai da lui si è recato con leggerezza e ogniqualvolta giunge e lo scià, con le sue stesse mani, porge lui una qualche bevanda in coppa, Fëdor ne saggia appena il contenuto e la rende imme-

Per la sua complicata illogicità il quadrivio di Karuzy è da tempo scena di frequenti incidenti: una volta un trattorista sbanda in curva e finisce in uno stagno, vicino alla strada, centrando una barchetta con signorine a bordo; un'altra due automobilisti escono da una curva cieca e improvvisamente si scontrano frontalmente; un'altra magari capita che, seppur sobrio, finisci tu stesso dritto contro un tronco d'albero che qualcun altro si è perso per strada. La maggior parte delle volte, però, stando ai verbali del Tribunale dei compagni, gli incidenti avvenivano "per guida in stato di ebbrezza",

diatamente indietro, poi sputa schifato, amareggiando in tal modo lo scià". Levont'ev vendette la proprietà a Foma Nazimov, padre di Ignatij. Nel registro degli atti pubblici del 1678 si legge: "Di proprietà di Ignatij Nazimov, figlio di Foma, e della di lui madre Marja, è il paese di Koruza (due terzi a lui, Ignatij, e un terzo alla madre): in esso si trova la casa colonica di Miška Antonov, il quale ha due fratelli – Ivaško e Fet'ka di 8 anni – e tre figli. Sulla terza parte del paesino di Karuza di proprietà di Marja Mikiforovaja c'era la casa dello scapolo Martiška Savel'ev e la casa del contadino Ivaška Ivanov (RGADA, Fondo 1209, op. 1, d. 8176, l. 180)." A quanto sembra la madre di Nazimov disponeva della quota vedovile della proprietà, delle cui entrate il figlio beneficiava. Adesso grosso modo succede la stessa cosa: il "figlio-possidente", nonché ubriacone, non lavora ma aspetta che la vecchia madre riceva la pensione per bersela con gli amiconi compagni di sbornia. La confisca del "prodotto aggiunto" della vecchietta assume talvolta contorni drammatici, alla stregua delle operazioni dei distaccamenti dei contadini "verdi" ribelli durante gli anni della Seconda guerra mondiale o alla riscossione degli arretrati sotto von Biron. Nella contesa che ne consegue, la vecchietta tenta di salvare quantomeno una miserrima parte dei suoi "esborsi" per poter garantire, in vece del figlio, il mantenimento dei di lui figli, nonché di lei nipoti, come prescritto dal mandato esecutivo. Il fatto è che il nostro "possidente" (al pari della moglie) è stato da tempo privato della patria potestà sui tre figli che gli sono stati sottratti e portati in orfanotrofio. In base alla sentenza del Tribunale, l'uomo è tenuto, sotto pena di flagellazione, a rimettere una certa somma di denaro a favore dei figli, cosa che lui, in virtù del suo stile di vita e della sua filosofia, non è in grado di fare. In vece del "filosofo" lo fa la di lui madre.

motivo per cui l'incrocio è stato ribattezzato lo Sbronzo. Ecco come nel gazzettino locale viene descritto un tipico tamponamento: "In data 13 agosto c.a. il cittadino E.V. Aleksandrov, guidando la sua moto IŽ-Planeta-5 (n. di telaio: 0056) in stato di forte ubriachezza, investiva il pedone V.P. Čerterikov, padre del cognato; quest'ultimo, anch'egli in stato di ubriachezza, inconsapevole dell'imminente pericolo, camminava in direzione della moto che sopraggiungeva in carreggiata, portando in collo un barile per il latte nel quale successivamente veniva rinvenuto del liquido che per colore e odore ricordava fortemente la *braga*, la birra casalinga, in quantità di 15 litri. A causa della collisione, V.P. Čerterikov riportava una serie di lesioni sulla regione frontale del capo, la frattura della parte superiore della caviglia del piede sinistro, nonché una frattura esposta con spostamento del terzo inferiore del femore destro. Nel corso delle indagini è emerso che l'incidente non era da ricollegarsi alle recenti ostilità private tra i due congiunti (Čerterikov è un ufficiale a riposo, accanito stalinista, nonché attaccabrighe insolente soprannominato Tontuk, con il quale tutti evitano di mettersi a discutere – Ja. M.), bensì a un'infelice concomitanza di circostanze. Dalle indagini è emerso che quella stessa sera E.V. Aleksandrov[61] era già in forte stato di ubriachezza sul posto di lavoro e, mentre tentava di accendere

61 Aleksandrov lo conoscono tutti da queste parti, come conoscono anche il suo fedele "cavallo di ferro" al quale sono stati cambiati i connotati a martellate. I due sono stati protagonisti di un articolo apparso nel 1991 con il titolo IN TRE: "Adesso E.V. Aleksandrov dovrà pagare una multa di 75 rubli per aver fatto ubriacare un minorenne: e la ragione di tutto è la grande passione per l'alcol dello stesso multato. Recentemente E.V. Aleksandrov (soprannominato Chunga-changa) stava tornando da Novoržev a Zareče; lungo la strada ha incontrato A. Man'jakov, lo ha preso a bordo e ha continuato il viaggio con lui. Poi, più avanti, hanno preso a bordo anche una terza persona, il minorenne Andrej Blincov. Andrej aveva con sé una bottiglia di vodka e un profumo. I tre com-

la moto e si preparava a partire, era caduto ben due volte portandosi dietro anche la moto. Qualcuno lo aveva aiutato a uscire dal parcheggio interno della ditta, accompagnandolo oltre il cancello perché non era più in grado di farlo autonomamente. Quale sia stato, poi, l'esito del viaggio è ormai noto. Se i suoi colleghi non si fossero limitati a consigliargli di non partire e di fermarsi a smaltire la sbornia lì ma gli avessero invece requisito direttamente la moto, questo non sarebbe accaduto. Ecco a cosa porta la nostra indifferenza verso tutto e tutti..."

Oggi nel paesino di Karuzy non vive quasi più nessuno. All'incrocio c'è una casa abbandonata dove fino a poco tempo fa abitava un'anziana maestrina. Tutti gli abitanti del posto che ancora non sono alcolizzati o non stanno dentro o non sono morti di freddo o "colati a picco" o impiccati o ammattiti o trasferiti in altre città o paesi, se la ricordano bene, come del resto chiunque, anche il più scapestrato, si ricorda della prima maestra, della prima elementare, delle tiepide mattine di settembre, dei libri nuovi crocchianti foderati di carta pergamena e del profumo di cedro del portapenne, interamente decorato in stile *chochlomà* e pieno di matite con la punta temperatissima e penne e pennini non ancora smozzicati. Si dice che tutti noi

pagni di viaggio hanno svuotato il contenuto delle due bottiglie fermandosi sul ciglio di una strada appena giunti nel paesino di Karuzy. Blincov si è preso una sonora sbronza e ha iniziato a barcollare, mentre Aleksandrov, nonostante l'aiuto di Man'jakov, non è riuscito neanche a risalire in sella alla moto. In quel momento sopraggiungeva l'ispettore distrettuale S.I. Andeev che riconduceva a casa il minorenne. Così è finita la sbornia a tre. Nessuno di loro aveva neanche lontanamente sospettato che le conseguenze di quell'incontro ad elevato tenore alcolico sarebbero potute essere ancora peggiori", anche in considerazione (aggiungo io) del sinistro cognome del primo tizio che il nostro cowboy si era caricato a bordo.

scriviamo con una grafia molto simile a quella della nostra prima maestra che guidandoci la mano ci ha insegnato. La maestrina aveva un marito, che io ho conosciuto quando era ancora in vita: faceva il guardaboschi, uomo tranquillo e amichevole, nonché timido, cosa che per un guardaboschi sembrava assai strana, mentre risultava del tutto normale per uno spirito del bosco. Villoso e selvatico, parlava confusamente, nebulosamente, grugava quasi. Per questo motivo le dicerie della gente, di norma spietate, nei suoi confronti invece erano più o meno benevole e gli avevano fatto guadagnare il soprannome, del tutto accettabile, di Vasja il Colombo.[62]

Qualche anno fa gli è venuto un accidente – che in russo si dice anche "kondratij" – e l'ha quasi fatto secco. Il termine russo, tra l'altro, esiste dal 1708, da quando cioè il cosacco Kondratij Bulavin ammazzò (fece secco) con le proprie mani il principe Jurij Dolgorukij. Vasja il Colombo se ne rimaneva disteso immobile, non parlava, non mangiava quasi niente e non faceva altro che fumare per giorni e giorni una *machorka* dietro l'altra che la moglie stessa gli preparava avvolgendo mozziconi di "zampe di capra" in carta di

62 Impossibile rimanere indifferenti di fronte all'espressività e alla finezza dei toponimi e dei soprannomi (talvolta assai volgarotti) coniati dalla fantasia popolare. E una volta che un soprannome ha ottenuto il battesimo popolare, difficilmente il soprannominato riuscirà a scollarselo di dosso. Un uomo intelligente di Puškinskie Gory ci ha raccontato che un giorno nel paese in cui un tempo viveva, era tornato dalla città, in via definitiva, un compaesano con la moglie cittadina, tale Anna Petrovna. E volete sapere come la chiamavano questa Anna in paese? Ovviamente Njurka, Njuška! E se capita che in un paese di Njuška ce ne siano più d'una, allora si aggiunge una specificazione: Njuška Rogina (se viene da Rog) o Njuška la Sciancata, Njuška Petrova e Njuška Urbana. L'ultima Njuška della lista iniziò una lotta disperata contro i paesani pretendendo che la chiamassero solo Anna Petrovna; tutti però rimanevano sulle loro: Njuška sei e Njuška sarai. Il perché? E chi lo sa, bastava guardarla e pensavi: "Ma quale Anna Petrovna! È Njuška e basta, c'è poco da fare."

giornale incollandone poi il lembo con la saliva. Passando accanto alla casa, una volta mi è capitato di vedere la maestrina che lentamente e con grande cura trascinava Vasja il Colombo – trasformato in uno scheletro vivente – infilato in una vasca da bagno poco profonda fino allo stagno ricoperto di lemna. Poi Vasja è morto e poco tempo fa è venuta a mancare anche la maestrina. Tutte le baracche, le stalle e baracchette, costruite da Vasja con tronchi d'albero puliti e piallati, col tempo si sono annerite. I piccoli fabbricati, ammucchiati disordinatamente attorno alla casa come pensionati che fanno la fila in banca, tutti storti, chi da una parte chi dall'altra, adesso si sono ricoperti di infestante erba dell'oblio, malerba e bietolone rosso. Agli inizi di agosto, i capanni vengono improvvisamente avviluppati da piramidi fiorite di camenerio e al tramonto si ha quasi l'impressione che brucino. Probabilmente molto presto sarà questa la loro fine: di anno in anno, infatti, sono sempre più visibili i segni di furti e distruzione, porte rotte, tetti divelti e tutto quello a cui Vasja ha dedicato anni di duro lavoro sparirà, bruciato da mani crudeli o magari da un incendio di primavera[63] che, strisciando lento

63 Gli incendi di questo tipo talvolta possono rivelarsi pericolosi, in particolar modo quando il fuoco attacca cespugli e arbusti. Le fiamme, allora, si levano e iniziano a scoppiettare come un incendio boschivo di tutto rispetto. Qui tutti conoscono e raccontano la tragica storia di zio Kolja, un invalido con una sola gamba, al quale un giorno, mentre cercava di superare, ubriaco, il fronte di un incendio, in un batter d'occhio prese fuoco l'arto artificiale che poi si spezzò. Perso il punto d'appoggio, il disgraziato cadde dritto tra le fiamme ormai alte e morì come un soldatino di stagno. Si dice che molti anni prima una zingara gli avesse predetto che sarebbe morto proprio a causa della sua stessa gamba, come tanto tempo prima uno stregone aveva messo in guardia il Gran Principe Oleg di Kiev che sarebbe morto a causa dell'amato cavallo. Quando però a zio Kolja, ubriaco, il trattorista Pugačëv, ubriaco pure lui, in un'azienda per l'allevamento di suini, investì inavvertitamente la gamba sinistra che gli fu poi amputata come "causa di servizio" (causa per cui era previsto il pensionamento), tutti se la risero ripensan-

come un serpe, sibilando e appestando fetidamente l'aria, si avvicinerà alla casa dai campi non falciati. Probabilmente è così che le cose sono andate sin dai tempi di Marja Nazimova e, forse, anche prima: la gente costruiva, arava e poi moriva, e tutto si ricopriva di malerba, bruciava e spariva...

Un giorno, passeggiando per il paese con la nostra vicina Andreevna, venni a sapere che non lontano da lì, su un terreno abbandonato e infestato di ortica e bietolone rosso, c'era la casa di un certo Van'ka. Per una ragione ancora oggi sconosciuta, l'uomo si era rifiutato di collaborare con il potere sovietico e di aderire al kolchoz, alterando nello stesso tempo i rendiconti periodici e impedendo così di relazionare sull'adesione al kolchoz del centouno per cento di contadini-coltivatori diretti. Van'ka viveva nella miseria più nera e aveva sulle spalle un intero asilo di figli che giravano mezzi nudi; per questo motivo nemmeno il crudele responsabile di zona osava alzare una mano perché Van'ka fosse inserito tra i kulaki o tra i serednjaki e deportato così in Siberia. Questo però non gli risparmiò le angherie: non gli assegnarono nessun luogo di falciatura, lo strozzarono di tasse, lo torturarono per gli arretrati, lo privarono della terra, persino dell'orticello, gli tolsero il terreno sotto casa, ma lui, niente: perseverava testardamente nell'errore e rimaneva fermo sulle proprie posizioni. Andreevna mi raccontò che una volta l'ufficiale incaricato, dopo aver raccolto l'intero tributo che Van'ka gli doveva, pretese che gli portasse un serpente. E per farci cosa? A scopi medici? "E chi lo sa, magari per farsi grosso." Faccio notare che quando si va per funghi capita spesso di incappare in un serpente, tuttavia quando si tratta di trovare un rettile su richiesta c'è da consumarsi le gambe

do alla profezia della zingara, giacché la gamba, in quel caso, era stata per lui non già causa di morte bensì di inesauribile guadagno, di gran lunga superiore alla paga giornaliera che zio Kolja riusciva a ottenere nel kolchoz. Mai risa si rivelarono più amare!

fino alle ginocchia. Ma questo Van'ka che faceva? Come sfamava la famiglia? La vecchia sollevò il bastone (quando i vecchi indicano con un bastone vuol dire che sono stravecchi) e lo puntò verso il lago: "Ve', guarda quei pietroni laggiù: li sgrossava per farci le ruote dei frantoi a mano." E proprio quel lavoro da vero schiavo egizio era il prezzo da pagare per la libertà russa senza via d'uscita...

Dalle sconclusionate spiegazioni di Andreevna sono riuscito a capire che nella storia di Van'ka c'è un segreto. Sembra infatti che durante le sue peregrinazioni per i boschi nei dintorni di Rog Van'ka avesse trovato un enorme sasso cosmico (gli scienziati ritengono si trattasse di un frammento staccatosi dal famoso meteorite di Tungus), dal quale aveva iniziato a forgiare particolari ferri di cavallo da vendere poi sottobanco. Questi ferri di cavallo possedevano la straordinaria proprietà di eccitare la sensibilità femminile, non nei confronti dei cavalli ovviamente, ma di quelli che ci stavano sopra, per così dire, cioè dei proprietari dei cavalli ferrati con i magici ferri. Per questo motivo in tutta la zona scoppiavano scandali familiari. I ferri, però, essendo realizzati con metallo purissimo, si assottigliavano velocemente e i cavalli se li perdevano nella profonda fanghiglia; a quel punto per le donne locali veniva meno anche l'indicibile fascino dell'abile cavaliere. E così scoppiavano conflitti tra Van'ka e i novelli paladini Rolando. Alla fine, strozzato contemporaneamente dalla famiglia affamata, dallo spietato potere sovietico e dai lussuriosi Rolando, il fabbro decise di tentare la fortuna nelle terre confinanti con l'URSS Nel momento in cui si accingeva però a varcare il confine sovietico al posto di frontiera della Bandiera Rossa di Pytalovo – riportato recentemente in auge per bocca del nostro presidente come "posto di frontiera del Fico Secco" – fu colpito da una guardia sovietica che proprio in quell'istante era uscita dalla guardiola e, riparandosi "a tenda" con l'impermeabile, si era accucciata poco distante per espletare un inderogabile bisogno corporale. Nel bel mezzo del temporale che infuriava, non solamente Van'ka passò accanto alla guardia accucciata nell'oscurità più totale (in tal caso sarebbe andato tutto liscio), ma ci inciampò letteralmente sopra, spaventando la guardia che sparò al violatore della frontiera di Stato. Insomma avvenne esattamente come canta l'inno delle guardie di frontiera sovietiche composto da Stal'skij:

I nemici striscian sulla terra nuda
Alla bramata linea quatti si avvicinano
Ma la guardia pronta li scruta
con occhi attenti che il buio non temono.

Tempo dopo la guardia venne proposta per la medaglia dei XX *anni dell'Armata Rossa dei lavoratori e dei contadini, ma a causa delle lungaggini burocratiche e della Seconda guerra mondiale scoppiata di lì a poco, l'onorificenza non fece in tempo a raggiungere l'eroe. Solo molti anni dopo la medaglia fu consegnata in pompa magna ai discendenti di quel Karacupa, in occasione del cinquantesimo anniversario della vittoria. Il pezzo di meteorite da 110 chili trovato nello zainetto del deceduto Van'ka fu spedito a Mosca e adesso è il fiore all'occhiello della collezione del Museo panrusso di geologia. Il merito del ritrovamento del reperto è attribuito agli scienziati sovietici…*

Ma torniamo a Vasja il Colombo. L'uomo aveva un cane da caccia di nome Raid, un animale maleducato, scontroso, con il pelo arruffato e sempre pieno di spine. Raid se ne stava solitamente steso proprio davanti alla casa della maestrina, all'incrocio, tra la polvere; si sentiva padrone della zona e non degnava neanche di uno sguardo le macchine di passaggio, tanto che ogni volta ti toccava tenere gli occhi ben aperti per evitarlo. Quando Vasja si ammalò, dopo essersi sempre guadagnato da vivere cacciando e pescando, per Raid i tempi si fecero duri. Nei suoi confronti venne applicata la Legge Seconda (dell'autosostentamento) che ho personalmente scoperto inerente alla località: "Nutri solo quelli che danno da mangiare." In altri termini: Raid, essendo animale che non dava né uova, né latte, né pelle o pelliccia, muschio, carne, grasso, lardo o ricavo di qualsiasi altro genere, avrebbe dovuto arrangiarsi da solo.

Digressione importantissima sulle leggi della vita contadina autoctona.

Legge Prima (della costante della merda): regola la continuità del ciclo della merda in natura. Il fatto è che dai contadini non è possibile comprare scorte alimentari perché a loro non rimane nulla da vendere; tutto l'eccedente rientra nel processo chiuso e ininterrotto della circolazione della merda: si nutrono di frutti della terra (principalmente patate, cavolo verza e cetrioli) coltivati in campi concimati con feci, portano poi nei campi gli escrementi da essi stessi prodotti dopo aver mangiato e digerito i tuberi (nel gazzettino locale, a questo proposito, titolano lapidari: Rifiuti organici nei campi! *oppure* Di fronte al rischio di fallimento dell'iniziativa di rimozione dei rifiuti organici, dov'è che guarda l'amministrazione dell'azienda Borec?!*), in primavera con quegli stessi escrementi concimano altri prodotti commestibili che poi mangiano, producendo altri rifiuti organici e così via.*

Legge Terza (del distrust o del "meglio non fidarsi") recita: "Mai pagare in anticipo un lavoro a nessuno, in nessun luogo e in nessuna circostanza, perché stai pur certo che tenteranno sempre e comunque di fregarti o di non portarlo a termine." Chiunque abbia avuto a che fare con i maniaci del lavoro campagnoli potrà confermarlo. Intascato l'anticipo, il maniaco del lavoro solitamente interrompe ogni attività, si scola pure l'anima e comincia a tenersi alla larga da casa tua tagliando per campi e cortili. Dopo poco tempo, però, ritenendo che l'inflazione galoppante si sia già mangiata tutto il misero anticipo che gli hai dato, prende coraggio e imbocca la strada davanti casa tua, promettendo ogni volta di finire il lavoro lasciato a metà, di falciare il campo falciato a metà, di spaccare la legna spaccata a metà, di finire di costruire quello che ha tirato su a metà e di portarsi via quanto aveva lasciato in mezzo ai piedi (tra cui anche i suoi attrezzi da lavoro[64]), ma che per il momento non riesce proprio a trovare il tempo...

Legge Quarta (di Ohm) invita alla tolleranza: "Durante un temporale, indipendentemente dall'ora in cui scoppia, spegnere la luce fino al mattino seguente." Fortunatamente d'estate si riesce a leggere fino a tardi anche senza lume, e poi i temporali notturni di mezza estate con acquazzone sono un vero spettacolo del paradiso, mille volte meglio di qualsiasi notiziario del primo o di altro canale.

Legge Quinta (della neutralità nordica), già parzialmente illustrata in precedenza, insiste: "Difficile distinguere gozzoviglia da parapiglia, ergo stanne alla larga o ti becchi la colpa e le botte."

Legge Sesta (dell'anthropomonitoring) mette in guardia: "Sii sempre pronto a ogni imprevisto: non si sa mai cosa può saltare in testa alla gente." Effettivamente comunicare con gli indigeni non è cosa facile. I loro comportamenti sono spesso imprevedibili giacché sotto il coperchio della loro scatoletta cranica scattano meccanismi cerebrali che la scienza ancora ignora. A volte fatti reali, supposizioni, fantasie e dicerie si combinano misteriosamente scatenando comportamenti inspiegabili:

64 Una volta in autunno inoltrato, tra l'erba alta, piantata in un ceppo sbriciolato dalle intemperie, trovai l'accetta ormai corrosa dalla ruggine di un carpentiere da strapazzo che avevo assunto all'inizio della primavera per farmi costruire una *banja*. Un giorno mi aveva chiesto il permesso di assentarsi per un attimino, "per portare l'acqua alla mamma", aveva detto. E non si era più fatto vivo.

un broncio, labbra serrate e non c'è verso di sentire ragioni; una confidenza fin troppo appiccicosa; manifesta inimicizia aggressiva condita con forti dosi di ingiurie e villania. Stai sempre all'erta perché, come ebbe a scrivere il principe Vladimir Monomach, "l'uomo ci mette un attimo a morire".

E infine Legge Settima (dell'oblio) che tutto riconcilia: "Tutto si dimentica." Il bene, il male, la gratitudine, le offese, i debiti non saldati, i regali e i favori di un'estate prima l'anno successivo sono già dimenticati per sempre. E così nel giro di un anno l'erba inghiotte la piccola aiuola coltivata con amore e con amore annaffiata dal villeggiante, senza quasi lasciarne traccia, come se non fosse mai esistita. E allora le relazioni già allacciate con gli indigeni vanno ricucite da capo. Ah, come dicono qui stizziti, porcaccia la miseriaccia!

In ottemperanza alla Legge Seconda, ebbi più volte modo di vedere Raid aggirarsi per la campagna circostante, spingendosi a volte anche a decine di chilometri da Karuzy: come tanti altri cani del luogo, anche lui faceva il giro dei punti a maggiore concentrazione di villeggianti pietroburghesi nella speranza di racimolare qualcosa o quantomeno di controllare la situazione dei loro cassonetti della spazzatura. I cani di campagna che si lavoravano i villeggianti avevano varie tecniche di lusinga. Forti del loro naturale ruvido carattere, puntavano immediatamente a imbonirsi i forestieri, accompagnandoli amichevolmente nelle scampagnate e facendo poi di tutto per infilarsi in casa (i cani non sono assolutamente ammessi nelle case di campagna, e se per puro caso riescono a entrare mettono su un'espressione smarrita e impacciata come un villico in galoscie davanti all'alberone di natale del Cremlino di Mosca). A volte qualcuno li cacciava per il terribile puzzo che spandevano, perché appestati dalle pulci e per la sfacciataggine, ma la cosa di regola non li sfiorava neanche. Riempita la pancia la prima volta, i cani campagnoli prendevano immediatamente sotto protezione i generosi villeggianti facendogli capire che da quel momento in poi solo loro li avrebbero "coperti", ovviamente non a titolo gratuito e solo ed esclusivamente di notte. Il villeggiante poteva quindi dormire sonni tranquilli sapendo che il guardiano non avrebbe permesso a nessuno di andarsene in giro indisturbato per il paese senza lanciare, puntuale, un rauco latrato di guardia.

Una volta presa confidenza con il cittadino, iniziavano solitamente a comportarsi in modo rude e a muso duro. Per attirare l'attenzione sui propri improrogabili bisogni di natura alimentare, un cane era anche capace di mollarti un colpaccio sul ginocchio con la coda ruvida e poi guardarti devotamente ma perentoriamente negli occhi come a dire: "Io sto qui da un'ora e passa con la pancia che brontola, puttana di tua madre, e tu sfaticato di un forestiero te ne stai lì a leggiucchiare i tuoi libretti e a scribacchiare carte!" E come amavano stravaccarsi proprio sulla soglia mettendo in bella mostra la pancia piena di pulci e attributi vari (a noi solitamente capitavano maschi) aspettando che tu gli mollassi una pedata amichevole. La posizione assunta permetteva loro di tenere sotto costante monitoraggio gli spostamenti di viveri e le puliture di piatti. Ogni tentativo di nutrire un cane del genere finiva sempre con il crollo e la rovina della famiglia del villeggiante: quegli animali erano davvero senza fondo.

Altri cani invece non ti offrivano la guardia, ma cercavano di giocare sulla fiducia come mendicanti di professione, riuscendo a ottenere l'agognato boccone con maestria recitativa di elevatissimo livello, dimostrando eloquentemente quanto fosse disperata la loro infelice situazione. Ricordo ancora come nell'autunno del 2000 la nostra famiglia ripartì alla volta della città in un mare di lacrime perché costretta a lasciare alla dacia ormai vuota un cagnolino abbandonato, quasi di razza pura, che aveva rincorso a lungo la macchina come per implorare: "Portatemi via con voi, brava gente! Desidero così tanto avere una vita nuova e radiosa e vedere il cielo adamantino! A Mosca! A Mosca!" Quel cagnolino, di nome Lajma, aveva vissuto attorno alla casa per l'intera estate, mantenendo una condotta esemplare, dimostrandosi riservato, persino timido, quasi arrossendo ogni volta che prendeva i bocconcini da noi offerti, guardandoci con i grandi e intensi occhi neri. Praticamente si era conquistato i nostri cuori. Solo la sua ammorbante puzza di cane, il pelo sporco e le energiche obiezioni del nostro gatto Kirjuša mi avevano convinto a non portarlo con noi a Pietroburgo. Per tutto l'inverno poi avevamo immaginato il meraviglioso cagnolino congelare davanti alla porta della nostra casa vuota. E quale sorpresa è stata per tutta la famiglia, l'anno successivo, vederlo arrivare verso casa vivo e pasciuto (probabilmente perché sfamato dal padrone) e, come se avesse completamente rimosso la nostra precedente *liaison* – come del resto aveva fatto anche l'anno ancora precedente – iniziare a guardarmi negli occhi, dolce e timido, desideroso di piacermi e di diventare mio amico e no, il cibo non c'entrava nulla!

Oh, lumi di cane! Non dimenticherò mai quanto mi accadde una volta a Pietroburgo mentre camminavo lungo il muro del supermercato Paterson (alias Parkinson, come lo chiamano le massaie). Era inverno e nei pressi dell'entrata, dando la schiena alla porta (come se quel santuario del cibo non lo emozionasse neanche un po'), era seduto un cane enorme dal pelo rosso, con un paio di occhi straordinariamente espressivi, da vero virtuoso del metodo Stanislavskij. Quando gli passai accanto per entrare nel negozio, lui colse il mio sguardo e prese a fissarmi, girando lentamente la testa fin oltre la spalla, aggiungendo così alla scena un'ulteriore tensione drammatica. Quello sguardo mi rimase pro-

fondamente impresso nell'anima e nel reparto macelleria comprai un bel chilo di ossi. Quando uscii dal supermercato, il fulvo bastardello stava mangiando un pezzo di salame che un vecchietto misericordioso gli aveva appena portato dal negozio. Visti i patetici ossi che avevo in mano, il vecchietto scoppiò a ridere dicendo che ero già il terzo buon samaritano, e mi indicò un bel mucchio di ossi e altri avanzi con i quali si sarebbe potuto preparare un brodo per un intero reggimento di soldati. Ecco cosa significa essere dei fuoriclasse!

Raid invece era un cane diverso. Arrivava regolarmente da noi, di corsa, anche se poi si fermava solo per poco tempo. Solitamente doveva fare i conti con l'energica concorrenza di Fimka, il cane maschio bello e potente del vicino che si considerava nostro unico favorito e protettore. Raid non ci pensava due volte a riconoscere la supremazia di Fimka e in genere si sdraiava nell'erba, a debita distanza dalla casa, per così dire in secondo piano, pensando che "tanto quei ricchi signori di roba da mangiare ne hanno a volontà" e che lo stimatissimo Efim "Fimka" Ivanovič (ah ti avessi incontrato a Karuzy!) prima o poi si sarebbe distratto per sbrigare qualche suo affare di cane e a quel punto lui, Raid, avrebbe colto l'occasione per rifocillarsi. Fimka, però, se la dormiva pacatamente attaccato alla scodella, per cui dall'erba spuntava di tanto in tanto il selvatico muso di Raid e rimaneva dritto lì per ore. Lui però si distingueva dagli altri per le scorrerie di caccia. Evidentemente la vita dell'accattone talvolta gli veniva a noia e la sera, quando il rumore della vita si quietava, dal bosco potevi udire il suo latrato amplificato dall'eco, non un semplice abbaiare senza senso, ma un vero e proprio guaito di battaglia: il latrato si spostava distintamente in tondo perché forse il cane, addestrato alla caccia, inseguiva una lepre o una volpe spingendole verso il cacciatore. Il cacciatore, invece, se ne stava sdraiato a Karuzy, immobile e inutile... Poi Raid è scomparso, presumibilmente divorato dai lupi – divenuti nel frattempo una vera e propria calamità per quei luoghi – oppure investito da una macchina. Adesso, quando il sole estivo tramonta, nel silenzio della sera non sento più il suo disperato richiamo... Anche Fimka è passato all'altro mondo: a forza di fare lo spaccone e di considerarsi il più grosso boss tra i cani del circondario, si è fin troppo ringalluzzito e un giorno d'autunno il vicino lo ha fatto fuori, indignato per aver beccato il mascalzone mentre tentava di trafugargli dal capanno un mezzo maiale.

CAPITOLO 25. BOL'ŠOE KIVALOVO

Sul finire degli anni '80 del '900, Karuzy era l'ultimo punto raggiungibile in macchina sulla strada per Bol'šoe Kivalovo. A collegare i due paesini, per alcuni chilometri, c'era quella che noi russi chiamiamo una "strada-non-strada", l'impraticabilità per antonomasia. Una volta, in Germania, un professore di lingua russa mi chiese consiglio su come spiegare ai propri studenti tedeschi il concetto di "strada-non-strada". In effetti, diceva, se una strada non è una strada, come mai allora c'è chi la percorre?[65] E se invece la strada è strada, allora perché chiamarla "non-strada"? Da Karuzy a Bol'šoe Kivalovo la strada era appunto una non-strada, assolutamente impraticabile, ma la gente ci passava comunque. Ovviamente fuori discussione anche solo pensare di poter superare quel tratto di "non-strada" a bordo di un'utilitaria come la nostra. Sarebbe già stato tanto riuscire a percorrerla a piedi, in galoscie, e per giunta sollevando fin sopra le orecchie le falde del

65 Esempi: "Percorremmo qualche *versta* di una strada dissestata" (I. Turgenev); "L'orario degli autobus è provvisorio per impraticabilità delle strade" (Ivanov, direttore dell'azienda di trasporti di Novoržev).

cappotto o dell'impermeabile: stiamo parlando dei fanghi russi, vasti, nazionali, e non certo terapeutici. Dicono che un campione di un metro cubo del nostro terreno argilloso, assai melmoso, sia conservato addirittura nel Museo parigino dei pesi e delle misure. A primavera e in autunno ("in autunno, madonne, vi conviene rimboccar le gonne") il fango mandava in tilt le comunicazioni tra il paesino e il mondo circostante. Oggi nel rally automobilistico "La botte d'oro: lungo le distese della Russia" quel pezzo di percorso lo chiamano addirittura "circuito speciale".

I locali raccontano che nel 1941, in autunno inoltrato, un invasore tedesco, (un Oberlieutenant, *tenente, o addirittura un* Gefreiter, *caporale) riuscì, seppur con qualche difficoltà, a superare il circuito speciale a cavallo. Quando il presidente del kolchoz ebbe riunito la gente sull'unico punto asciutto di tutto il paese, l'ufficiale disse una cosa sola: "Kolhosen kaput!" e senza ulteriore indugio fece dietrofront. Di lì a venti minuti l'azienda collettiva, amorevolmente accudita dal partito sin dal 1929, smise di esistere: gli ex colcosiani, lesti lesti, si portarono a casa ogni bene collettivizzato ma di cui ognuno ricordava ancora l'appartenenza. Domandai più volte ai vicini come si chiamasse il kolchoz che era stato liquidato dal tedesco, ma loro mi rispondevano:*

– E chi diavolo lo sa, qualcosa tipo 'Coscienza'.

– Ma 'Coscienza' in che senso? 'Coscienza socialista' forse?

– Può darsi 'socialista', ma chi se lo ricorda, è passato tanto di quel tempo!

Insomma, come scrivevano sui calendari con i fogli staccabili in epoca sovietica: "Il gelo non temete: il kolchoz a voi provvede."

Tra parentesi, introdurre il sistema dei kolchoz nella provincia di Pskov non era stato affatto semplice. Sui kolchoz circolavano voci terrificanti, addirittura allusive al cannibalismo, tipo "porcellini per bambini" e "vecchi e vecchie a fette per salami e saponette". Dicevano poi: "La terra mica li regge i trattori" (che, considerato il terreno paludoso della provincia di Pskov, rispondeva quasi a verità e di questo parleremo più avanti). Più di ogni altra cosa, però, sin dalla nascita dei kolchoz il paese non faceva che parlare dell'introduzione di una particolare "coperta colcosiana" di quaranta metri. Il confezionamento delle coperte di flanella per i nuovi kolchoz (in ottemperanza, si diceva, di uno specifico decreto del "caro nonno" di tutta l'URSS Michalivanyč Kalinin) fu avviato nella fabbrica di abbigliamento di Pskov e si diceva che entro breve tempo sarebbero state portate nella zona, dopodiché tutto il kolchoz e i colcosiani avrebbero dovuto dormirci sotto. Ecco in cosa consisteva uno degli obiettivi della collettivizzazione. In più punti i mitici mostri di flanella arrivavano fino a 50 e persino 100 metri di lunghezza. Nonostante tutto non si può dire che le voci sull'introduzione di questa coperta avessero spaventato i futuri colcosiani...

Il fango formava una barriera invalicabile al passaggio non solo dei tedeschi ma anche dei partigiani e, più tardi, in tempi di pace, dei villeggianti diretti a Kivalovo. Bisognava rassegnarsi a lasciare la macchina nei pressi della casa della maestrina di Karuzy, versare qualche rublo a Vasja il Colombo (che, però, non ne garantiva la custodia) e trasportare nel fango, a più riprese, suppellettili e bagagli caricandoseli sul groppone fino a Kivalovo: viveri, cani e gatti (e, ancora peggio, cassettine di delicati piantimi di pomodori e cetrioli). C'era poi una seconda soluzione per guadare il fango: arrivare in macchina fino a Zareče, distante sette chilometri, e raccomandarsi poi al trattorista di zona. Lui, ciucco e con gli abiti mezzi sbottonati, usciva lentamente sulla soglia di casa e ti lanciava uno sguardo alla Emel'ka Pugačëv quando decise della sorte del comandante della fortezza di Belogorsk e della di lui consorte Vassilissa Egorovna. Dopo veloci trattative, comunque, accettava di darti una mano in cambio di una certa quantità di alcol. Grugnendo baldanzoso, si sistemava sul trattore cingolato, che aveva lavorato per giorni e giorni a carico vuoto, e arrivava al limitare del circuito speciale dei grandi fanghi trascinandosi dietro un'enorme lamina metallica oppure una slitta da carico. Sopra ci veniva issata l'auto e in quella modalità di trasporto, che ricordava l'ennesima spedizione antartica dalla stazione Mirnyj alla stazione Vostok, il convoglio superava lentamente la zona fangosa. Una volta giunti a Kivalovo, la macchina veniva scaricata su un terreno asciutto e lasciata lì, reclusa, sino alla fine della vacanza. E allora, davanti alla tua ennesima umile genuflessione di supplica, Pugačëv e il suo salvifico trattore con slitta al seguito spuntavano di nuovo all'orizzonte. Sbuffando, emergendo e rituffandosi come un rimorchiatore, facendosi strada tra collinette e profonde pozzanghere, si avvicinava lentamente al paesino. L'intera popolazione di Kivalovo, sia sobria che brilla, seguiva angustiata e speranzosa l'ardimentoso sfidante della natura. Circolava una storia risalente ai tempi di "quel Malinkov che aveva tolto la tassa" secondo cui lo stesso trattore, sempre con slittino, si era inabissato in una pozzangherona e non ne era più riemerso.

Alcuni dicevano che era sprofondato in un "buco nel ghiaccio" apertosi improvvisamente sulla superficie congelata del pantano senza fondo e che di lì a mille anni, durante i lavori di estrazione della torba, lo avrebbero ritirato fuori, assieme al trattorista Pugačëv perfettamente conservato grazie all'elevatissimo tasso alcolico nel sangue e all'assenza di ossigeno nei fondali paludosi (di recente capita spesso nei paesi scandinavi e in Inghilterra con cadaveri di affogati o di vittime dei terribili riti celtici di epoca precristiana). Il trattore sarebbe poi stato inserito nella collezione di macchinari antichi; quanto a Pugačëv, invece, sarebbe finito in mostra al Museo di zoologia o magari all'Ermitage stesso, a fianco del piccolo mammut Baby Dima, per essere ammirato dai visitatori di tutto il mondo. Altri invece sono convinti che Pugačëv sia inavvertitamente finito in un famigerato punto di biforcazione e da quel momento, abbandonato il trattore spentosi una volta per tutte, triste e sobrio se ne va in giro per le strade di un mondo parallelo, nutrendosi di pipistrelli e di misteriose bacche luminescenti con le quali può anche parlare in russo. È anche possibile che sia sprofondato dall'altra parte della terra, arrivando per esempio fino in Colombia dove, è risaputo, i nostri fucili, trattori ed elicotteri non sono certo una rarità, e adesso sarebbe comandante di un distaccamento di guerriglieri del *Frente Farabundo para la Liberación Nacional.* Abbronzato, poligamo, tossicomane e anarchico, c'è chi pagherebbe una bella sommetta per acciuffarlo: sulla sua testa da scapestrato l'FBI ha messo una taglia da un milione di pesos.

Tra parentesi, qualcosa di simile è successo a un mio collega americano di nome Phil M. Alcuni anni fa mi telefonò dalla vicina stazione della metro, chiedendomi conferma della strada e avvisandomi che di lì a poco sarebbe stato da me; a casa mia, però, non è mai arrivato, ritrovandosi, invece... come mi raccontò in una lettera molti mesi dopo, non sull'isola Vasil'evskij, bensì sulla soglia di casa sua, a Clinton, cittadina dello Stato di New York! Tra l'altro gli era già capitato in precedenza. Giunto a Pietroburgo agli albori della perestrojka per la sua prima missione scientifica, Phil era stato ospitato da un amico pietroburghese. L'indomani mattina, carico di euforia e baldanza intellettuale, era partito alla volta della biblioteca pubblica, ma la sera, al momento di uscire, si era reso improvvisamente conto di aver irrimediabilmente perso il blocco degli appunti con l'indirizzo e il numero di telefono del suo ricovero. Maledicendo la propria imbecillità, aveva continuato a vagare senza meta fino a tarda notte, passando di cortile in cortile, tutti uguali, attorno al palazzo dell'ospitale amico russo. Alla fine, persa ormai ogni speranza, Phil era salito in metro, si era diretto in centro e aveva preso una camera in un discreto alberghetto della catena Inturist. E da lì, per due giorni di fila, aveva letteralmente bombardato di e-mail e telefonate tutto il corpo docente delle università americane, da Boston a Berkeley, da New Orleans a Anchorage con un solo e unico scopo: ottenere l'indirizzo o il numero di telefono dell'amico pietroburghese. Dal canto suo, quest'ultimo – allarmatissimo per la scomparsa dell'inquilino straniero assolutamente refrattario a ogni frequentazione notturna di bettole sul Nevskij – in quei due giorni aveva contattato tutti gli obitori, i centri di accoglienza per ubriachi e gli ospedali, mettendo in allarme conoscenti e autorità locali. Alla fine, recatosi in centro per improrogabili commissioni, per puro caso aveva incontrato Phil davanti all'entrata della biblioteca pubblica: Phil gli si era gettato addosso stringendolo in un abbraccio talmente caloroso e ricoprendolo di baci talmente prolungati e bavosi che avevano preso a circolare voci su una probabile inversione di orientamento sessuale dell'amico, assolutamente tradizionale fino a quel giorno, secondo i dettami della moda del momento, voci che gli avevano impedito di pre-

sentarsi come candidato al parlamento per il partito democratico Jabloko. Con una mano sul cuore, va comunque detto che difficilmente sarebbe riuscito a farsi eleggere giacché il suo avversario era il presentatore televisivo, nonché necrofilo, Obzorov, amatissimo da tutto il nostro elettorato...

In ogni caso quando il trattore arrivava a Kivalovo, caricava a bordo l'automobile ingrassata e abbronzata dal sole estivo assieme a tutti i suoi padroni, cani, gatti, barattoli di miele, marmellate e sottaceti, e trionfalmente la riportava sulla carrabile. Purtroppo, subito dopo il nostro arrivo a Kivalovo, sull'ex tratto fangoso da Karuzy hanno steso una striscia di asfalto lunga un chilometro, esattamente quanto basta perché un piccolo aereo possa effettuare un decollo. Se si esclude quest'unica ampia e liscia gettata di asfalto, in tutta la zona ci sono solo le consuete strade tortuose, polverose e piene di buche, e tristi incroci senza indicazioni. Ogni volta che, uscendo da Karuzy, svolto e imbocco quella striscia all'altezza della casa fatiscente della vecchia maestrina, al cartello stradale con la cifra "0" mi allaccio le cinture di sicurezza e spingo a fondo l'acceleratore sperando alla fine della striscia di asfalto di finire anch'io, come l'epicureo Pugačëv, in un punto di biforcazione e di lì a mille anni io e lui, felici e contenti, poter trovare l'immortalità beatamente distesi in una teca dell'Ermitage, nella sala dedicata all'antica Russia, somiglianti come due gocce d'acqua e marroni come due datteri secchi...

San Pietroburgo-Kivalovo-San Pietroburgo

INDICE

In redazione
Eleonora Cucurnia

Grafica
Progetto: Alberto Lecaldano
Desktop publishing: Cristina Cosi

Stampa
Print on Web srl
03036 Isola del Liri (FR), via Napoli 85

Finito di stampare
gennaio 2009

edizioni VOLAND
00184 Roma, via del Boschetto 129
tel. 0647 823 674 fax 0647 881 064
www.voland.it
e-mail: redazione@voland.it

Promozione e distribuzione Giunti Editore